人生の師から学ぶ

よりよい社会を目指して　新聞投稿五十四年

伊藤義夫

文芸社

はじめに

四年間休まず働きながら夜学で苦学した経験は人生の糧です。若い時から意義ある生き方を学んだ最初の師で、敬けんなクリスチャンであった鈴木実先生。先生は摺沢高校（現・大東高校）などに勤務後、岩手県内の三校で校長を務め、昭和五十三（一九七八）年二月から大東町（現・一関市）教育長を一期務められました。先生は、学生時代から新渡戸稲造、イギリスの思想家トーマス・カーライルらの思想に触れ、三十年余にわたる教職では「人間の値打ちは業績にあるのではなく、どんな存在をしたか、その生き方にある」を信条とされていました。鈴木先生から、「今読まなくても、いい本を買っておくように」勧められ、以後は定年退職まで私の小遣いの多くは書籍代でした。内村鑑三、新渡戸稲造、南原繁、矢内原忠雄、大塚久雄、丸山眞男、波多野精一等個人全集は予約出版で簡単に読める本ではありませんが、座右においていつでも読める、著者がそばにいると思うと、読む時は楽しくなる時もあります。

師と仰ぐ人といえば、昭和三十二（一九五七）年十月に行われた摺沢高校創立十周年記念講演で南原繁先生の「世界の危機と日本」を聴き、感銘を受けました。その後、感想を含めてお尋ねの手紙を差し上げたところ、「西欧政治思想の御研究には昨年五月発行（東京大学出版会）の拙著『政治理論史』が御参考になるかもと存じます。御自愛御勉強の程念じ上げます」と、毛筆で手紙を頂戴しました。この『政治理論史』は、南原繁先生の東大における多年の講義をもとに、その後の研究を加えて新たに書き上げられた、若き学徒の思想形成に役立つものです。南原先生の人と学問、驚くべき深い学識を十分に時間をかけて深く学び、静かに思索しつつ読むべき本であると考えます。

昭和四十九（一九七四）年五月二十五日に女子学院講堂で執り行われた南原先生の葬儀に参列し、そこで初めて弟子の丸山眞男・福田歓一両先生にお会いしました。南原繁、大塚久雄、丸山眞男、福田歓一諸先生方から人間愛と生き方を学びました。無名の私が立派な師と出会い幸せです。感謝しています。

福田歓一先生が、二〇〇一年六月、東山町での二回目の講演後、ご夫妻で自宅に立ち寄ってくださいました。書斎を見たいというので案内し、雑談の中で「いい本を多く揃えましたね」と語ってくださり恐縮しました。

人生を豊かにするためには読書です。『幸福論』の著者で知られるスイスの法学者カール・ヒルティは孤独の有益性を十九世紀の段階から、「日常的に幸せになるには精神の発達が欠かせない。そのためには物事をひとりで考える時間も必要です」と説き、フランスの作家ロマン・ロランは、「病を持つと、人間は健康のありがたさが分かるだけでなく、人生を深く考える。自ら弱いところがあるのを知ってこそ、心優しくなれる」という言葉を残しています。高齢者になっても感動と勇気づけられる言葉です。年を重ねるごとに、自分が生かされていることの喜びを感じ、与えられた命を貴重なものとして毎日感謝しています。

まことに拙文ですが、この本が人生を豊かにするお手伝いができれば幸いです。

もくじ

はじめに　3

一　人生の師から学ぶ　9

新渡戸稲造　10／宮沢賢治　20／斎藤喜博先生　27／大塚久雄先生　30／丸山眞男先生を東山町にお迎えして――講演より　32／波多野精一博士　41／南原繁先生　48／矢内原忠雄先生　59／菅原喜重郎先生　64

二　新聞投稿集　69

昭和四十二（一九六七）年～昭和五十八（一九八三）年　70

平成元（一九八九）年～平成三十（二〇一八）年　114

令和元（二〇一九）年　207

おわりに　213

一　人生の師から学ぶ

新渡戸稲造

武士道の精神再評価が必要

新渡戸稲造の『武士道』発刊百年記念・日米友好の集いが、盛岡市で開かれた。セオドア・ルーズベルト元アメリカ大統領のひ孫ツウィード・ルーズベルト氏の特別講演、新渡戸精神を考える国際シンポジウム、クリントン米大統領が集いに寄せたメッセージの披露など多彩だった。

『武士道』は一九〇〇（明治三十三）年、新渡戸稲造がアメリカで英文で著した。日本民族の道義や倫理を実証し、欧米で広く愛読され、ルーズベルト元大統領は『武士道』に感銘を受け、日露講和の仲介役を引き受けたことは有名である。

思えば、今から三十六年前の昭和三十九年六月、新渡戸博士の門弟でアメリカ研究の先駆者の高木八尺先生を、東京の世田谷区のご自宅に訪ねる機会があった。高木先生から「武士道は世界的名著で、特に若い人たちに読んでほしい本です。矢内原忠雄氏訳の立派な労作がありますよ」と教えられた。以来、『武士道』は私の座右の書となっている。二十一世紀を目前に、荒廃した現代社会を潤いのある社会にし、すべてのものに対する思いやりの「仁」と、不正を許さない「義」を重んじ、「武士道の精神」を再評価することの重要性を学んだ。

岩手日報　平成十二（二〇〇〇）年八月十一日

「新渡戸伝」に感謝

岩手日報を読むようになってから久しい。興味をひくのは「夕刊論壇」「声欄」である。読者の建設的な意見や主張には大変教えられるところが多い。また面白く読めるのが「ばん茶せん茶」。これらは読者からの応募によるものだが、地方紙とはいえ他の新聞には見られない、常に読者とともにある新聞としての信条が見られる。

最近、特に役に立ったのは、夕刊に連載の石上玄一郎先生の『太平洋の橋　新渡戸稲造伝』である。同博士は明治、大正、昭和初期の三代にわたり日本の外交、教育など近代日本の建設に輝かしい業績を残した郷土の先人である。

私はかねがね同博士を尊敬しているが、数年前に上京のおり、博士のまな弟子の高木八尺先生（東大名誉教授）と『新渡戸稲造伝』の著者石井満先生（精華学園名誉園長）のお宅を訪ねる機会があった。その際博士の当時の思い出や書簡など貴重な資料まで拝見することができたが、『太平洋の橋』で、改めて新渡戸博士の再評価を教えられ、岩手日報での出会いを感謝しております。

岩手日報　昭和四十二（一九六七）年十月二十五日

新渡戸稲造博士の記念碑

偉大なヒューマニスト、教育者、国際的文化人として、明治、大正、昭和の三代にわたる日本の文化発達史を身をもって生き、わが国近代思想の形成に不滅の足跡を残した新渡戸稲造博士の全集は、これまでもたびたび企画されながら実現せず、このほど待望の刊行となった。

第一巻は日本思想の源流を英文で海外に紹介した名著『武士道』（矢内原忠雄訳）と、豊富な海外生活の体験をつづった随想集『東西相触れて』を収録、第一回の配本ということもあって、小伝（宮部金吾）、略年譜を添えている。

新渡戸稲造博士は一八六二（文久二）年岩手県盛岡市に生まれ、東京英語学校をへて、内村鑑三らとともに札幌農学校に入学、クリスチャンとなった。青年時代に欧米各大学に遊学、大正九年には国際連盟事務次長に就任するなど、国際舞台で活躍した。この間『武士道』をはじめ数多くの論文、随想を英和両文で発表、東西の交流とわが国の近代思想形成に大きな役割をになった。

新渡戸稲造博士の生誕百年を記念、その偉業をたたえて盛岡城跡に建てられた記念碑には「われ太平洋のかけ橋とならん」という、有名な一文が刻まれている。この記念碑は盛岡市を一望に見渡せる盛岡城跡二の丸の芝生の真ん中に建てられ、近くには石川啄木の詩碑もある。コンクリートの台座の上にタテ一・〇五メートル、ヨコ二メートル、厚さ三〇センチの長方形のスウェーデン石を二枚重ね合わせてつくられ、色は落ち着いたアズキ色、石の表には博士の生涯をかけた強い願いであった「願はくはわれ太平洋の橋とならん」が明朝の活字体できざまれている。反対側には「昭和三七年九月一日、新渡戸稲造先生生誕百年を記念し、有志これを建つ」と同じ活字体できざまれている。

施工は鹿島建設、設計者は原敬記念館の設計もした東工大教授の谷口吉郎博士。「若い人にも親しまれるものにしたい」との最初の抱負どおり、これまでの灰色の暗い感じのする記念碑の観念を破った斬新で明るい設計である。この記念碑建設の話が出たのは完成する六年前のこと。盛岡市鷹匠小路の新渡戸博士の生家跡は人手に渡り子供の遊び場になっていた。新渡戸博士をしのぶものは何も残っておらず、はるばる中央から博士を敬愛する大勢の人たちが訪れても、生家跡を捜し出すのに苦労するのが常だった。昭和三十一年門下生の南原繁（元東大総長）故前田多門（元文部大臣）両先生が相次いで盛岡にたち寄ったが、荒れはてたままの生家跡をみて「あそこが先生の生家なのか、盛岡市では先生はすっかり忘れ去られているのか」とびっくりされた。盛岡市当局もそのような話を聞くたびに、ただはずかしいと思うばかりで、何の弁解もできなかった。世界を舞台に活躍した博士は、あまりにも偉大な国際人であるため盛岡市民にとってはかえってなじみの薄い存在だった。

「生誕百年も近づいたことだしこの際何か博士を思い出させるものを建てて、生家跡をはっきりさせよう」という声が、地元盛岡市と東京の博士を慕う人たちの両方から同時にもちあがり、昭和三十三年阿部千一（前岩手県知事）、山本弥之助（元盛岡市長）が東京で小日向会（博士の門下生の集まり）の代表と最初の話し合いを持った。三十五年、生誕百年を目標に何かをやろうということが正式に決まり、東京と盛岡に世話人会が発足した。東京では小日向会を中心に南原繁、山際正道（元日銀総裁）氏ら各界の人びと二十二人が、地元でも阿部千一、山本弥之助両氏ら、博士を慕う人たち七十人が世話人に名をつらねた。

昭和三十六五月両方の世話人会の代表が設計者の谷口博士とともに生誕地のほか数カ所を見学、具体的に何をどこに作るか論議された。生家跡に記念碑を建てたいという話が出たが、土地が人の手に渡っているために自由にならないことを考え「博士のような偉大な人のものを狭い土地に建てるよりも、大勢の人に親しまれやすい広いところに建てるべきだ」との谷口博士の主張がとおり、公園になっている盛岡城跡に建てることが決まった。

だが盛岡城跡は国から史跡の指定を受けているため、物を建てるときは文化財保護委員会の許可を得なければならない。同委員会では史跡をありのまま保存したい考えのため、手を加えることを歓迎していなかったが「新渡戸博士のものなら」と喜んで許可。昭和三十七年五月から建築資金として二百万円を目標に募金を始められたが、四カ月の間に軽々と目標額を突破、新渡戸稲造博士の敬慕する人がいかに多いかをまざまざとみせつけられた。

東京独立新聞　昭和四十四（一九六九）年五月十五日

新渡戸精神

盛岡の生んだ偉大な国際的文化人、卓越した教育者、高邁《こうまい》な人格者、新渡戸稲造先生がカナダのビクトリアで七十一歳の生涯を閉じてから今年は五十周年の記念の年に当たる。十六日には盛岡で新渡戸稲造先生没後五十周年記念（記念事業委員会会長・太田大三盛岡市長）行事が開催された。

新渡戸稲造先生は文久二年（一八六二年）盛岡市に新渡戸十次郎の三男として生まれた。幼名は稲之助、六歳のとき叔父・太田時敏の養子となったが後に復籍した。明治八年、東京英語学校に入学、同十年に開拓使札幌農学校に学び、同十五年卒業、母校教師の後、翌十六年東京大学に入学、十七年米国に留学、二十年再び札幌農学校助教授に迎えられた後、六カ年のドイツ留学を命じられ農業経済学を専攻、経済学、史学、農業、農政学、統計学等多岐にわたり精力的に研さんした。

帰国後は、同農学校教授、三十二年には農学博士となり有名な『武士道』を米国で出版した。三十四年、台湾民政局長後藤新平の招きで台湾総督府技師となり近代的開発を指導、三十六年京都大学教授を兼任、三十九年には旧制第一高校長になった。同四十二年から東京大学教授を併任、四十五年から日米交換教授としてアメリカの六大学で日本国家、日本人など講義、大正二年から東京大学法科専任教授となり、植民政策を講じた。大正七年、東京女子大学の初代学長に就任、大正九年、国際連盟事務次長に就任、事務総長ドラモンド卿（英人）の信頼は最も厚く、大正十五年に辞任するまで、その中核となって、世界平和一筋に活躍されたことは、特筆に値する業績である。

昭和四年、京都で開かれた第三回太平洋会議を境に、日本のファシズムが台頭、日米間の危機が高まる中で、日米間の調整に奔走した。また、昭和八年カナダで開かれた第五回太平洋会議に日本側理事長として出席、難局に立つ日本の国際的理解に精魂を尽くされ、その心労から会議終了後、病のため十月十六日（カナダ時間十月十五日）ビクトリアで客死した。

内外の多くの人々に惜しまれながら逝去されたといわれている。新渡戸先生の生涯は、スケールの大きい国際人として、また、すぐれた教育者、社会教育家としての活動によって、内外にわたる多方面の業績にみちている。

その根底をなすものは、新渡戸先生の有名な言葉「願わくはわれ太平洋の橋とならん」にこめられた東西融和の信念と、キリスト教精神による日本人の教育への努力である。新渡戸先生逝きて五十周年の今年は、先生の生涯を通じて国際問題、教育問題、はては実業方面にまで及ぶ幅広い業績と限りなく深くこまやかな人間味あふるるご遺徳を、改めて世に認識し、郷土の生んだ偉大な先生の業績と遺徳を後世に伝え、示唆に富んだ数々の教訓を現代の人々に広めて先生の尊い精神を受け継ぎ生かしていくことが、岩手に生きる私たちの責務である。

新渡戸稲造先生の肖像が、来年の秋に発行される五千円紙幣に印刷され、登場することになったのも、世界に誇りうる数々の業績が、今、改めて世に認められたからにほかならない。私は、去る昭和三十九年六月に新渡戸先生のまな弟子の高木八尺先生（東大名誉教授）と、「新渡戸稲造伝」の著者、故石井満先生（精華学園名誉園長）のお宅を訪ねる機会があり、その際新渡戸先生の当時の思い出や書簡など貴重な資料まで拝見することができた。新渡戸先生の偉大さを改めて教えられ、五十周年記念を機会に、さらに新渡戸精神をバックボーンに生きたいと願っている県民の一人である。

岩手日報　昭和五十八（一九八三）年十月十九日

新渡戸らの志脈々受け継ぐ

第五回新渡戸・南原賞の受賞者に新渡戸稲造研究の第一人者、佐藤全弘大阪市立大名誉教授と、南原繁の学問と思想を基に学生教育に当たった宮田光雄東北大名誉教授が決まった。

佐藤さんは新渡戸基金発行の『新渡戸稲造研究（現・新渡戸稲造の世界）』の編集委員長を務め、新渡戸の生涯と思想の普及に尽力している。著書も多く、新渡戸稲造全集の編集委員を務めた。

宮田さんは長年、東北大法学部教授として学生教育に当たり、平和思想史、カール・バルト、ナチスに関する研究では国内の第一人者。二〇〇四年、約半世紀に及ぶ研究に対しドイツから勲章を贈られた。仙台市内の自宅敷地に私財を投じた寮「一麦学寮」を建てて青年育成にも努め社会に広く感化を与えた。

同賞は新渡戸・南原基金が、国際平和と教育に力を注いだ新渡戸と南原繁元東大総長の精神を受け継ぎ功績のあった人に贈っている。授賞式に出席し真に新渡戸・南原の精神と称されるものの広さと深さに感動した。

岩手日報　平成二十（二〇〇八）年六月二十五日

深い新渡戸・南原精神に感動

第八回新渡戸・南原賞の受賞者に北城恪太郎日本ＩＢＭ最高顧問と三谷太一郎東大名誉教授が決まった。

北城さんは日本ＩＢＭ社長、会長を歴任、経済同友会でもトップの代表幹事を二〇〇七年まで足かけ五年務めた。新渡戸稲造精神に共鳴し、多くの講演で中高生や教師たちにその精神を伝えてきた。今や同友会の仲間百人も授業や講演をしている。「最近は革新なくして発展はないという考え方が教育現場にも浸透してきた」と実感すると語る。

三谷さんは長年、東大法学部教授として学生教育に当たった。非西欧世界の中で例外的に自生的に誕生し、形成されてきた日本の政党政治の研究に尽力。戦前の政党政治をイデオロギー的に裁断せず、明治以降の日本の政党政治を広い視野で解明したことで文化功労者にも選ばれた。

同賞は新渡戸・南原基金が、国際平和と教育に力を注いだ新渡戸と南原繁元東大総長の精神を受け継ぎ功績のあった人に贈っている。授賞式に出席し、改めて新渡戸・南原の精神の深さに感動を覚えた。

岩手日報　平成二十三（二〇一一）年十月十四日

宮沢賢治

わがふるさとの文化財　東山町　宮沢賢治詩碑

東山町で、皆さんに知ってもらいたい自慢の文化財はないかと、東山の文化財調査委員である水城勲先生にご相談したところ、後日、宮沢賢治詩碑を紹介したいと連絡がありました。

東山町長坂の新山公園（町役場庁舎裏）内にある宮沢賢治詩碑は、敗戦の虚脱状態から立ち直り、これから生きていく指標と祖国の精神的復興を念願した当時の青年たちが何とか村を建て直そうと真剣に考えて何度も勉強会を重ね、昭和二十三年十二月に発案されました。やがて村を挙げて建てられたものです。碑に刻まれた「まづもろともにかがやく宇宙の微塵となりて無方の空にちらばらう」は、宮沢賢治の「農民芸術概論綱要」の中の一節であり、象徴的な深い意味をもっている句であります。この句の選定と揮毫は、哲学者で元法政大学総長、昨年度文化功労者に選ばれた谷川徹三先生です。含蓄深いこの詩文は、優れた天分を持ちながら、栄達の道をしりぞけ、庶民の一人になりきって、その一人ひとりの本当の幸福を願い、誠実に生きた賢治の生涯そのものです。この広大な宇宙の中で、私たちは、まさに一つの微塵にすぎません。にもかかわらず、正しい願いをもって謙虚に生きるとき、それはかがやく宇宙の塵となるのです。この人たちが、あちらこちらの無方の空にちらばって、善意をもち、まごころをこめて、それぞれの分を果たす時、社会が明るく進歩することを教えています。

詩人の宮沢賢治は、その晩年、昭和六年、東北砕石工場（現在の東北タンカル工場、東山町松川字滝の沢）に技師として、また協同経営者として勤めました。

賢治と東山町はゆかりの町でもあります。今〝賢治精神〟は時代とともに重さを増しており、花巻の「雨ニモマケズ」詩碑に次ぐ詩碑として、全国の賢治ファンの注目を集めており、訪れる人も年々多く、親しまれています。

この詩碑は東山町の大切な文化財であり、〝賢治精神〟をバックボーンにして生きる時、多様化した現代に生きる日本人、あまりにも多忙な毎日に自分を見失いそうになる私たちに、生きる希望と豊かな心を与えてくれます。

ライオンズいわて　昭和六十三（一九八八）年十月二十日

第一回定例会「デクノボー学」に学ぶ

八月九日の斎藤文一先生のお話で「デクノボー学」に感心した。
宮沢賢治の作品「雨ニモマケズ」そこに登場する「デクノボー」のモデルは東北砕石工場で働く労働者であると直感。

私は今、斉藤宗次郎（一八八七〜一九六八）の自伝『二荊自叙伝　上・下』（編集　山折哲雄）を読んでいる。この本は花巻農学校教諭だった宮沢賢治と親交を深めた大正末期の六年間分。花巻に住まう人々の生の声に耳を傾けたこの稀有な人格の、礼節に満ちた生き方が再評価された擁護書。「二荊」とは、荊の冠をつけた十字架、自らも苦難を引き受けるという意味である。

宗次郎は、無教会主義キリスト者内村鑑三の強い影響で入信。主の救いを負われて以来、新聞配達の仕事を天職とし、朝の三時に起きて、雨の日も風の日も六、七貫もある大風呂敷を背負って新聞を届けていたそうだ。雪の朝には販売店前から小学校前まで雪を掻いて子供たちのために道をつけ、悩みのある人々の訴えを親身になって聞いていたという宗次郎。新聞配達や、集金を通して地域のために献身的な働きをみせるようになった。

その姿が「雨ニモマケズ」のモデルといわれる所以。

一方、私は、宗次郎と賢治の精神的交流に関心を抱く。

宗次郎は曹洞寺の門から出て、内村門下となり、二人のあいだには宗教的背景の壁が立ちふさがっていたと思われるが、相手の人格を尊重した、敬愛の念が深い間柄と考えられる。賢治自身も盛岡中学時代に西欧文化に深い理解を示していたこと、賢治の作品の中にもいろいろな形で反映していることを、多くの賢治ファンが語っている。

賢治晩年の作品「雨ニモマケズ」とそこに登場する「デクノボー」のモデルが花巻の人であれ、東山の人であれ、面影とその人生の片鱗を、改めて考えさせられる。

「ブドリとネリ」の会　平成二十（二〇〇八）年九月

「賢治とモリスの館」を訪ねて

十月二十九日「ブドリとネリ」の会・東山賢治の会主催の、移動研修「賢治とモリスの館」（仙台・作並）を二十数名で訪ねた。

経済学者大内秀明館主の講話で、モリス（ウィリアム・モリス）とは、十九世紀に画家、作家、詩人、政治思想家、出版業者、幅広い活動家でもあったことを知る。

一八九六年に没したウイリアム・モリスの思想と業績が、奇しくもこの年に生まれた宮沢賢治の世界へ引き継がれていったことは私には驚きである。みちのくの自然は宮沢賢治という一人の天才によって、「ユートピアだより」から永遠の「イーハトーブ」へなったともいえよう。

賢治とモリスの精神は、それぞれの環境の中、自然の動植物から新たな世界を模索して、精神的に私たちを魅了するのである。「賢治とモリスの館」での食事、お茶を飲みながら、生活芸術を体感できたこと、暮らしを豊かにする時間と空間の創造の一時を味わうことができた。

館内でのＮＨＫ取材のビデオで施設の概要をよく理解することができた。「羅須地人協会」のラス＝羅須の意味も英語のＬＡＴＨ（建築用語で壁、天井などにも使われる木摺）であったと知り、賢治の羅須地人協会の活動は今日の地域共同体、農民など広く地域に根ざす民主社会活動であると認識した。

今回は収穫の多い移動研修であったこと、関係者に深く感謝します。

「ブドリとネリ」の会　平成二十四（二〇一二）年十二月

「ブドリとネリ」の会の移動研修に参加して

文語詩「われらひとしく丘に立ち」

われらひとしく丘にたち
青ぐろくしてぶちうてる

あやしきもののひろがりを
東はてなくのぞみけり
そは巨いなる鹽（しお）の水
海とはおのもさとれども
傳へてききしそのものと
あまりにたがふここちして
ただうつつなるうすれ日に
そのわだつみの潮騒の
うろこの國の波がしら
きほひ寄するをのぞみゐたりき

明治四十五年、宮沢賢治が盛岡中学四年生の時の修学旅行で、石巻の日和山から海なるものを初めて見て強い感動をうけ、その折の印象を詠んだものである。

十一月十日は天候にも恵まれ二十八名の参加で有意義な研修であった。賢治の碑の前で、参加者全員で詩を朗読した。日和山公園には盛岡中学の先輩石川啄木の歌碑や斎藤茂吉の歌碑も建立されている。賢治の詩碑が、芭蕉の碑と語らうかのように向いてあるのは印象的であった。文芸振興に文人の碑を活かした公園もきれいに整備されていた。

「石ノ森萬画館」は、宮城県出身の漫画家石ノ森章太郎（一九三八〜一九九八）の記念館で、子供たちには喜ばれる「夢いっぱいの石ノ森ワールド」だった。

「サン・ファン館　宮城県慶長使節船ミュージアム」の復元船は慶長使節ら郷土の先人の偉業を後世に伝えるため、一九九三年に完成。国内で復元された最後で最大の木造様式帆船。一六一三（慶長十八）年、仙台藩主伊達政宗は、仙台領内でのキリスト教布教のための宣教師派遣とノビスパニア（メキシコ）との直接の貿易交渉を求めて、イスパニア（スペイン）国王およびローマ教皇の元に支倉常長ら慶長使節を派遣した。「サン・ファン館」は三・一一大震災の影響でしばらく休館していたが、慶長使節出帆四百周年の節目となる二〇一三年秋に再開館したという。慶長使節の偉業と震災を乗り越えた復元船の姿は勇気と希望を与える。乗船し、船内見学で体感、改めて歴史の重みを味わった。

帰り際にみんなで、仮設の売店で海産物を買った。石巻地方も、震災での死者・行方不明者は五千人以上、住宅被害は七万戸以上に及んだ。町並みが分からなくなるほどの壊滅状態になった地区や集落も多いとレジで店員が語っていたことに心が痛んだ。一日も早く復旧、復興を心から祈っていますと店員さんに話した。

「ブドリとネリ」の会　平成二十六（二〇一四）年九月

斎藤喜博先生

味わえた人間形成の実感

斎藤喜博先生の著書について記す機会を与えられたが、しかし、私は先生とは個人的接触があったのではなく、先生の著書についても最近知ったのである。昨年の九月、東北大学法学部教授宮田光雄先生の自宅を訪ねた時のことである。私の職場が東北開発会社から地方の教育委員会へと変わって、教育行政特に学校教育係という大きな責任の重い仕事であると同時に、教育のあり方の問われている現在、大きな不安も感じている趣旨のことを、宮田先生に話したら、その時、斎藤喜博著『学校づくりの記』『私の教師論』の二冊を、教育にたずさわる人はぜひ読むべきであると勧められた。これが斎藤先生の著書とのはじめての出合いである。

帰りに最近の宮田先生の著書『現代日本の民主主義』（岩波新書）を頂戴したが、その著書の中でも、斎藤先生の著書について次のように書いておられる。「……教師の闘いを支える社会的信頼は、教育現場における教師としての責任において教育の課題に取り組み、創造的な仕事を生む以外には得られないであろう。それこそが、まさに根底的な意味での最大の拠点闘争といわなければならない。教師にとっては、教室こそが最後のとりでなのであり、権力統制がいかに強化されるとしても、教育の質的内容とレベルを決定する最後の場は教室にほかならないからである。もちろん教師としての要求や不満や怒りもさまざまである。そういう不満や怒りがなかったら仕事などできるものではない。だがそれは専門の教師の仕事の場合においては、どこまでもひそめ、教師としての専門の仕事の創造へと全力をあぐべきである。……授業がどんなに人間の可能性を引き出し、人間の質を変え、またそれによって、いままで一方的に考えていた団結というものも、どんなに無限に変化していくものだかを知っていかなければならない」（斎藤喜博『私の教師論』）

書店に注文していた『私の教師論』『学校づくりの記』の二冊が届いたので一気に読んでしまった。特に「日本の教師がいま、日本がみじめであり、自分たちの仕事がみじめであればあるほど、へんにじめじめなどしないほうがよい。条件が悪く、仕事が困難であればあるほど、その仕事のなかへ切り込んでいき、個性とかを持った仕事を創り出し、その結果として、底ぬけの明るさとたくましさとユーモアを持ち、無限のやさしさを持った人間になるとよい。実践者らしい面だましいを持った教師にみんながなるとよい。そして、はかない教育の仕事によって、自分の上にも子供の上にも、仲間の教師の上にも、はかなくない、栄光にみちたものを築き上げ、つくり上げていくとよい」（『私の教師論』）に共鳴した。

私の信仰上の師でもあり、教育者・経済学者として足跡を歴史の上に残された故矢内原忠雄先生は、「教育について」の中で、斎藤先生と同じような考え方を次のように書いている。「正直なる教師は自己の無能力を知る。併し無気力では教育はできない。教育者には烈しい気魄がなければならない。それは真理探究者としての誠実にして熱心なる生活態度に外ならない。教師が何を教えるか、ということももちろん重要であるが、いかなる態度を以て教えるかということのほうが更に重要である。生徒に与え得る永久的なる教育効果は、教える内容よりも教える態度にある。而してこの事は自己の能力と智徳の限界を意識する教師にでも、できないことではない。否、それを真摯に意識する教師であればあるほど、教育の最高目的に向って自ら教育せられる者として、そのもつ真実なる生活態度がおのずから生徒に対する最善の教育となるのである」（『矢内原忠雄全集』第二十一巻）。

教育は、人間形成を任務とする重要な仕事であり、それが故に、罪多き人間が、おのれの全人格をかけて、血みどろになって行う苦しい仕事である。愛情と実践にもとづく『斎藤喜博全集』を読んで、その実感を味わうことができる。今日の教育という困難な仕事に希望を与えてくれた書物の一つが、『斎藤喜博全集』である。この全集は、座右に置いて丹念に読み返さねばと考えている。

一九七〇年を迎えた日本は、敗戦の傷を浅く癒して、繁栄に傲り、武力にたのんで、再びアジア諸国への侵略の歩を進めるように思われる。一方、大学騒乱の声高き昨今、教育のあり方の問われている現在、斎藤喜博全集が世に出たことは大きな意義がある。教育にたずさわる人々はもちろん、多くの若い諸君にも読んでいただきたいと願っている。

『斎藤喜博全集　月報V』昭和四十五（一九七〇）年二月配本（第十一巻）国土社

大塚久雄先生

人生の師

定年退職後、家内の通院、介護を日課に好きな本を読んだりして過ごしている。

本を手にすることの多い一人に、大塚久雄さん（一九〇七—九六年）がいる。東大名誉教授で著名な西洋経済史学者だった。

大塚さんの個人資料を集めた大塚久雄文庫が、福島県の福島大付属図書館に開設されており、知友三人で訪ねた。

文庫には、著書や直筆原稿、無数の書き込みがある研究書、文献、講義ノートなど約一万点が展示されている。遺族の好意で愛用の書斎机も置かれ、資料館の役割を併せ持っている。案内してくれた職員は「学者が学問に向かう姿勢を学べる生きた教材」と語っていた。

大塚さんと初めて出会ったのは、今から四十年前、東京で大塚さんの連続三回の講演会「社会科学の方法」（岩波市民講座）であった。最終日に講師控え室で色紙に記念サインをお願いした。「朋あり遠方より来る楽しからずや……」。『論語』の学而篇に出ている言葉を書いてくれた。

その後、翌年の昭和三十九年七月、東京・豊島区のご自宅を訪ねる機会があった。大塚さんは、穏やかな口調でこんな話をされた。

「本を一冊書くたびに私は体をどこかなくしてきました。引き続く論文執筆の過労がもとで交通事故に遭い、その予後が悪く、三十六歳の時左足を切断。戦後は肺結核で左肺を切除。これまでに手術台に上がったのは十一回。左目も不自由だ」

病弱な体、たくましい研究心に驚き、その時の感動は今でも忘れることができない。

内村鑑三門下の大塚さんは、私が若き日に出会った人生上の師である。年を重ねるごとに自分が生かされていることの喜びを自覚するようになったからである。

この世の生は限定された有限のもの。必ず去っていかなければいけない生であればこそ、今一日一日を与えられている命を貴重なものとして感謝して受け止め、これからも充実感をもって生きていこうと思っている。

生前、大塚さんから頂いた書簡（五十六通）と署名入りの著書五冊を大切にしている。大塚さんは今日もその著書をもって人の心に語り続けている。それは、実際に接する時と同じように。

折を見て、文庫を訪ねることを楽しみにしている昨今である。

日曜リレー随想　岩手日日新聞　平成十六（二〇〇四）年七月四日

丸山眞男先生を東山町にお迎えして――講演より

「生誕一〇〇年展」を企画して

本日は、三陸海岸の東日本大震災の地震・津波の被災地の見学旅行の後に「丸山眞男生誕一〇〇年展」（二〇一四年四月十五日〜五月三十日、主催　丸山眞男生誕一〇〇年展実行委員会、後援　南原繁研究会、東京大学出版会、丸山眞男手帖の会、岩手日報社、岩手日日新聞社、げいび観光センター、会場　げいびレストハウス）をご見学いただきありがとうございます。

ただ今ご紹介いただいた伊藤義夫です。ここ猊鼻渓《げいびけい》は日本百景に数えられる国指定の名勝で、丸山眞男先生ご夫妻には一九七七（昭和五十二）年十月二十一日から二十四日まで三泊四日の日程で東山町をお訪ねいただいた折に、十月二十四日に先ほどの皆さまと同じように猊鼻渓の舟下りを楽しまれました。六〇年の会の高木博義先生や川口さんから三十七年前に丸山先生が地方の東山町を訪れたのは珍しいから、「一〇〇年展」を何とかやってみたらどうかという声がありました。丸山先生には東山町にお迎えしてお世話になりました。そういうことで、恥ずかしながら手作りの展示をさせていただきました。これからしばらく時間をいただきまして、丸山先生と東山町についてお話いたします。

二人の師に導かれて

私は一九三九（昭和十四）年七月九日、東山町（岩手県東磐井郡東山町、現・一関市東山町）に生まれました。古くからの農家の七人兄弟の四番目で、長男夫婦に子供がなかったため、私たち夫婦が長兄の養子となり東山町東本町でずっと暮らしております。

一九五六（昭和三十一）年四月、隣の大東町の摺沢高校（現・大東高校）の定時制に入学し、家の農作業を手伝っておりました。家の田んぼで作業をしていると、目の前のお宅の書斎の窓が開けられていて、たくさんの本が詰まった本棚が見えました。こんなにたくさんの本を読んでいる人というのはどんな人だろうと思いました。それが鈴木実先生を知ったきっかけです。実先生は、鈴木東蔵氏の長男です。鈴木東蔵は岩手の痩せた土地改良のため東山町の石灰石に注目し、石灰石粉を製造する東北砕石工場を一九二四（大正十三）年に創業しました。一九三一（昭和六）年には技師として宮沢賢治を招き、賢治は三三（昭和八）年に亡くなるまで工場の今後を心配していました。一九七八（昭和五十三）年に操業を終えた旧東北砕石工場は九六（平成八）年に産業近代化遺産として砕石産業関係建造物では第一号の指定をうけ、九九（平成十一）年には構内の一部に「石と賢治のミュージアム」が開館。賢治と深い交流のあった鈴木東蔵の資料を展示し、実先生と物理学者斉藤文一新潟大学名誉教授の蔵書を収めた「双思堂文庫」はミュージアムの一角にあります。実先生は摺沢高校の全日制の社会科の先生でした。授業を受けたことはありませんが、実先生の聖書の家庭集会でたびたびお目にかかり、信仰に導かれていきました。

三浦所太郎先生は、戦時中の一九四五（昭和二十）年から四七（昭和二十二）年まで千《せん》厩《まや》町（東磐井郡千厩町、現・一関市千厩町）に疎開された波多野精一先生に、実先生などとともに親しく接した方です。波多野先生は話に熱がこもってくると、広いテーブル越しに唾が飛んできた、そうやって教えを受けたんだよ、と三浦先生はよく話されました。一九七七（昭和五十二）年十月の柴宿教会での丸山先生の講演の講師紹介でも、三浦先生は波多野先生とのエピソードを話されました。私たちは波多野先生に直接お会いしていませんが、大きな感興を与えられました。実先生の家庭集会には、矢内原忠雄先生や政池仁、石原兵永、松田智雄、高橋三郎さんらもみえました。一九五四（昭和二十九）年にみえた矢内原先生は摺沢高校でも講演されました。そして摺沢高校創立十周年の一九五七（昭和三十二）年、矢内原先生の名刺を持って参上した鈴木実先生に南原先生は講演を快諾されたそうです。

南原先生と二人の弟子

私は一九五七年十月に行われた南原先生の講演に感銘を受けました。すごい先生だなあと思って手紙を書くと、南原先生から近く出るこういう本がいいよと勧められて、南原先生の『政治理論史』を読みました。その後、NHKラジオで南原先生の「母を語る」という番組を聴きました。南原先生の母上は熱心な曹洞宗の信者で、「お前がキリスト教徒になるなら、親子の縁を切る」とまで言われたそうです。それでも南原先生は信仰を曲げなかった。後に息子の信仰を理解された母上の葬儀はキリスト教式で営まれました。その強い信念は丸山先生に受け継がれていると思います。

一九六〇（昭和三十五）年春に摺沢高校を卒業した私は、四月から東北開発株式会社・岩手セメント工場に入りました。九〇パーセント国が出資する特殊法人で、石灰石を原料とするセメント工場の現場で一九六九（昭和四十四）年九月十一日まで働きました。当時は高度成長の真っ只中で一種の国策会社の東北開発は給料もよかったですが、紹介してくださる方があり、九月十二日から東山町役場に入りました。教育委員会学校教育係を振り出しに社会教育係の仕事など忙しい毎日が続いた一九七四（昭和四十九）年五月十九日、南原先生が亡くなられました。五月二十五日に女子学院講堂で行われた葬儀に参列し、そこで初めてお弟子さんの丸山眞男・福田歓一両先生にお会いしました。

その後、南原先生のご葬儀の写真を添えて丸山先生に手紙を書きました。丸山先生からはすぐに喜びの手紙が送られてきました。丸山先生というと、私たちにはなかなか近付きがたい先生であることは知っております。だからこちらから呼びかけをして先生のところに訪ねて行くようなものではありませんでした。ましてや岩手の無名の私のような者に先生がなぜ近付いてくださったのか。先生の方からいろいろな問いかけをしてくださり交流が続いたのです。

私は丸山先生の政治学とかさまざまなものを勉強したわけではないのですが、丸山先生の人間学――先生の根底には「人間愛」があったと思います。地方に暮らす無名の私たちを愛し、学問の喜びを伝えてくださいました。先生の人間学を私は学んだのであって、先生も無名の私をそういう風に遇してくださったのだと思います。

丸山先生を動かした波多野精一『宗教哲学』

今から三十九年前の一九七五（昭和五十）年、東山町に初めての教会・柴宿教会ができました。三月には南原先生が揮毫された「真理立国」を刻んだ大理石の置物を持って丸山先生を訪ねました。丸山先生からは「言難而行易矣」という揮毫をいただきました。大理石の置物は今もご子息の彰氏の許にあるそうです。その後私は柴宿教会で関西学院大学神学部長・松村克己先生により洗礼を受けました。そして一九七六（昭和五十一）年七月に四十日間仙台で社会教育主事講習を受けることになりました。講習会場は東北大学で、宮田光雄先生の「一麦学寮」から毎日通いました。その後、社会教育の仕事として丸山先生に手紙を書いて講演会の講師をご快諾いただき実現しました。先ほども申しましたように、南原先生が講演されてから二十年後の一九七七（昭和五十二）年十月に丸山先生ご夫妻は東山町を訪ねられ、二つの講演と丸山先生と語る会に出席されました。そのうちの一つ、十月二十三日の柴宿教会で行った十数名の無教会キリスト者の人々に対する「私個人の戦中・戦後の学問の歩み」と題する講演と質疑応答（「南原先生と私――私個人の戦中・戦後の学問の歩み――」と改題のうえ、本誌第五号および『丸山眞男話文集』第一巻所収）の冒頭で、次のように述べられました。

「波多野（精一）先生は個人的には存じあげませんでしたけれども、私が大学を出た年の冬にスキーに行きまして、肺炎になり、死にそうになったことがありました。その時に絶対安静の身で、寝そべりながらその当時出ました「岩波全書」で波多野先生の『宗教哲学』（一九三五年）という書物に、非常に大きな感激を受けたこと――特に「死の病床」で読んだというせいもありますけれども――を覚えております」（『丸山眞男話文集』第一巻、二九〇～二九一頁）。

東山町に遺る波多野先生の足跡

波多野先生の記念碑が疎開された千厩町と、柴宿教会のすぐ側にもあります。教会の側の記念碑には「生は他者への生であり、他者との交りにおいてのみ成立する」と書かれています。波多野先生の名著『時と永遠』（一九四三年）の中から松村先生が選び、まな弟子の浜田与助・同志社大学神学部長が揮毫したものです。

波多野先生は『時と永遠』の中で、人間の「生」を「自然的生」「文化的生」「宗教的生」の三つに分けられ、宗教的生が最高の最も包括的、全体的な生であると主張されています。宗教に関心をもたない現代に対して、この名著は宗教的生の意識を改めて見直すことを迫る力強い説得力をもっているといえます。そして松村先生は何度も東山町に足を運ばれ、町内に松村山荘という別荘を造られ、『波多野精一全集』全六巻の編集に当たられました（全集刊行は一九六八～六九年、新版一九八九年）。私たちは、東山町は、そういう先生方の恵みの中にあったなあと感謝します。

キリシタン信仰を受け継いで

東山町になぜキリスト教の信仰が根付いたか――私は近世以来の隠れキリシタンの伝統があると思います。東山町を含む東磐井郡（現・一関市の北上川のほぼ東岸地域）は、一五九一（天正十九）年から仙台藩領（伊達家）になりましたが、永禄年間（一五五八―七〇年）に備中国から製鉄技術を藤沢町（東磐井郡藤沢町の旧・大籠村、現・一関市藤沢町）に伝えた人が熱心なキリシタンで、製鉄技術を学ぼうとする者や農民の間に広まりました。慶長年間（一五九六―一六一五年）末には、宣教師フランシスコ・バラヤス（日本名・孫右衛門）の布教活動により郡内には数多くの信者がいました。ところがキリシタンに寛容だった伊達政宗の死後、仙台藩領では徹底した弾圧が行われ、大籠村では一六三八―三九（寛永十五―十六）年に三百名余りが処刑されました。その後も転宗者やその家族は転びキリシタンとその類族として後代まで厳しい監視下に置かれました。東山町の墓地には「釣り針」とかさまざまな当時の信者であることを表わす墓碑があります。また鍾乳洞として知られた幽玄洞近くの洞窟には、「子安観音」があります。近くの寺が管理していて、今は「子安観音（「マリア観音」）」と宣伝していますが、本当は「マリア観音（「子安観音」）」、としてほしいところです。一九五二（昭和二十七）年には大籠カトリック教会が建立され、処刑場跡は大籠キリシタン殉教公園になっています。先日も隠れキリシタンの研究者の皆さんが団体で「丸山眞男生誕一〇〇年展」を見学されました。隠れキリシタンの予備調査の途中で、再来年には東山町で隠れキリシタンの研究の全国大会が開かれる予定です。

多くの方々とのつながりの中で

二〇〇九（平成二十一）年五月に南原先生の生誕一二〇年展をこの場所でやりましたが、その時も南原繁研究会の鴨下重彦先生や加藤節先生ご夫妻、飯田泰三先生や川口重雄さんにお見えいただきました。今回、飯田先生をはじめ手帖の会の皆さんには二〇〇一年、二〇〇九年に続いて三度訪ねていただきました。こうしたことで、多くの方々とつながりができたことを感謝いたします。「横につながる」ことが丸山先生の願いだったように思います。私たちも横のつながりをよくし、助け合い、丸山先生が求めた民主主義の実践こそ、私たちがやっていかなければならないことだと思います。私は地方の一市民でありますが、皆さまのご支援をいただいてこれからの人生を歩みたいと思います。本日はありがとうご

ざいました。（拍手）

『丸山眞男手帖　69　特別号』平成二十六（二〇一四）年八月十五日　丸山眞男手帖の会

波多野精一博士

他者との交わり

世界的な宗教哲学の権威だった元京都大学名誉教授波多野精一博士（一八七七―一九五〇）の記念碑が、戦争疎開していた当時に指導を受けた青年有志と千厩町（現一関市）の協力によって同町に建立された。昭和三十五年十一月三日、高弟の同志社大学浜田与助教授、博士の嗣子・雄二郎の夫人八重子さんらを迎え除幕式が行われた。

記念碑は哲学者にふさわしく、薄衣産のみかげ石。碑文「生は他者への生であり、他者との交りにおいてのみ成立する―波多野精一」は、松村克己元京都大学助教授が『時と永遠』の中から選定され、浜田教授の力こもった揮毫を薄衣の名工が刻んだものである。

博士は八重子さんの縁者が千厩にいた関係で、戦中戦後の二年余りを、黒須たのさん方の六畳二間を借りて疎開。青年たちをはじめ、博士の元を訪れた多くの人々に感化を与えた。午前中は読書と著述ですごし、毎朝マントを着て、一時間ほど散歩するのが日課だった。付近には陸軍の被服工場があったため、スパイ扱いされたこともあったという。

昭和五十五年、市街地整備計画に伴い碑を東山町（現一関市）に移転。公園となった跡地には、高田博厚氏の高弟、彫刻家の沖村正康氏が銅板に刻んだ碑が新調され、十一月八日に波多野八重子さん、松村克己教授を迎えて除幕式が行われ、博士の思い出や思想、人となりについての講演会も開かれた。

二十代前半に内村鑑三、南原繁、波多野哲学の書物と遭遇するように出会ったが、二度の除幕式に出席できたことは、まさに幸運であった。波多野哲学を確立し、不滅なものにした『宗教哲学』『宗教哲学序論』『時と永遠』の三部作。特にギリシャ哲学研究では右に出る人がいないといわれ、『時と永遠』は故大平正芳首相の座右の書としても知られた。

人は他者との間に生き、他者に支えられて生きることが可能となるとすれば、他者のために生きようとする道に、真に自己もまた生かされる秘訣《ひけつ》が隠されているように思える。

日曜リレー随想　岩手日日新聞　平成十八（二〇〇六）年八月十三日

波多野精一博士疎開記念碑について

世界的な宗教哲学の権威だった元京都大学名誉教授波多野精一博士（一八七七～一九五〇）の記念碑が、戦争疎開していた当時指導受けた青年有志と千厩町（現一関市）の協力によって同町愛宕神社境内に建立された。古代においてはソクラテス、近世においてはカント、現代においては波多野精一といわれる知の大巨人が千廐町に二年間疎開されたことは驚きである。一九六〇（昭和三十五）年文化の日十一月三日午後一時から高弟の同志社大学浜田与助教授、博士の嗣子・雄二郎の夫人八重子さんらを迎えて除幕式が行われた。式に先立って午前十時から千廐公民館で「学者としての波多野先生」演題で浜田与助教授の記念講演が行われ感銘を受けた。記念碑は哲学者にふさわしく薄衣産のみかげ石。波多野博士の「生は他者への生であり他者との交りにおいてのみ成立する」、遺訓は松村克己関西学院大学教授（元京都大学助教授）が『時と永遠』の中から選び、浜田教授の力のこもった揮毫を薄衣の名工が刻んだものである。博士は八重子さんの縁者が千廐にいた関係で、戦中戦後の二年余りを、黒須たのさん方の二階六畳二間を借りて疎開した。当時博士の指導を受けたのは県立摺沢高校教諭鈴木実先生や大東町摺沢三浦所太郎先生等。博士の元を訪れた人々に宗教哲学への感化を与えた。鈴木実先生は波多野先生の『宗教哲学』岩波全書を読みたく探したが、戦時中とて容易に入手が難しかったという。三十七年前に東山町に講演に来られた政治思想史学者の丸山眞男先生から、「波多野精一先生は個人的には存じ上げませんでしたけれども、私が大学を出た年の冬にスキーに行きまして、肺炎になり、死にそうになったことがありました。その時に絶対安静の身で、寝ながらその当時出ました「岩波全書」で波多野先生の『宗教哲学』という書物に、非常に大きな感激を受けたこと――特に〝死の病床〟で読んだというせいもありますけれど――を覚えております」柴宿教会で聴いて感銘したことを今でも鮮明に記憶している。千厩での博士は午前中読書と著述で過ごし、毎朝マントを着て一時間ほど散歩するのが日課だった。付近には陸軍の被服工場があったため、スパイ扱いされたこともあったという。一九八〇（昭和五十五）年市街地整備計画に伴い記念碑を東山（現一関市）柴宿教会の前向かいの高台（しばじゅく歯科駐車場）に移転。歯科医の先生方と教会で大事な遺産として管理している。千厩町の新公園となった跡地には、高田博厚氏の高弟沖村正康彫刻家がレプリカを銅板に刻んだ碑が新調され、十一月八日に波多野八重子さん、松村克己教授を迎えて除幕式が行なわれた。筆者は二十代前半に鈴木実先生との出会いで内村鑑三、矢内原忠雄、南原繁、波多野精一先生方の著作と遭遇できたことを感謝している。二度の除幕式に出席できたことは、まさに幸運であった。波多野宗教哲学を確立し、不滅なものにした『宗教哲学』『宗教哲学序論』『時と永遠』の三部作は日本の名著。『時と永遠』は故大平正芳首相の座右の書とされたといわれている。

一九四九（昭和二十四）年、博士自らの編集になる全集五巻を刊行されたが、各界からの強い要望に応えて、初期論文からすべての論稿遺文を追加収録し、一九六八（昭和四十三）年新『波多野精一全集』決定版全六巻を岩波書店から刊行。編集者の松村克己先生から「波多野精一先生の業績において、二千年の過去を負う絶対者探求の学的努力がまさしくこの国に根をおろしはじめているのをみることができる」と直接お聞きすることができたことを今でも忘れない。また、五十年前の一九六四（昭和三十九）年、内村鑑三門下の西洋経済史学者の大塚久雄先生をお訪ねする機会があった。先生は、波多野全集再刊には推薦文を寄せられ波多野宗教哲学を高く評価され、岩手に疎開されたことも存じていて話題になった。最後に先生は「私がマックス・ヴェーバーの宗教社会学に特別の興味をもつようになったのは、先生がそのためのすばらしい方法を教えてくれるように思われたからであった。社会科学者としての私の目には、波多野哲学はそうしたものとして映じてくる。まさに将来をはらむ哲学のように思えてくる」と語ってくださった。大塚先生の学問と生き方に波多野宗教哲学が大きなバックボーンになっていることに感激して帰郷した。昭和四十四年は『大塚久雄著作集』（全十三巻）刊行中で、十一月の小生の結婚祝いに第九巻『社会科学の方法』を署名入りで頂いた。昭和五十年三月に頂いた『マックス・ヴェーバー研究』著書と書簡五十六通も大切にしている。大塚先生は、戦後の論壇で政治学者の丸山眞男先生とともにリベラルな立場から論を張り、日本の戦後民主主義形成にも貢献された。博士は一九四三（昭和十八）年六十六歳で『時と永遠』を岩波書店より出版。一九六三年『時と永遠』がユネスコ国内委員会によって英訳され文部省が刊行（訳者鈴木一郎）。宗教に関心をもたない現代人に対して、この名著は宗教的生の意識を改めて見直すことを迫る力強い説得力をもっているといえよう。博士は、生を自然的、文化的、宗教的生の三段階に分け、宗教的生が最高の最も包括的、全体的な生であると主張されている。『時と永遠』は世界の学的水準に達した名著といわれている。博士自身も「この本が今日まで到達し得た思想の最後の形をあらわしており、また将来修正を加えるようになるらしくない」と書いている。

松村克己先生は四十数年前に東山町長坂久保地内に松村山荘を建て、必要な蔵書を備えて夏場は波多野全集の編集もここでされた。夜は山荘で二十人前後で読書会（波多野宗教哲学・三木清の『哲学ノート』等）。たしかに波多野先生の本はむずかしい。博士も書簡の中でこのことにふれ、専門の学徒にも相当難解なものであることを認めておられる。

宗教という人間の生の特殊な形態を初めて体系的・方法論的に反省したのが波多野精一であり、わが国における宗教哲学や西洋宗教思想史の研究の決定的土台と方向を与えたといえよう。『時と永遠』は生の根本的全体的な革新を、要求し根源的な宗教体験、すなわち真の実在的他者（神）との人格的な交わりに目ざめることを文化人に迫る。キリスト教的な、「愛による生の共同」においてのみ「永遠」は実現される。その「愛」は、自然的生の「物欲」でも文化的生の「エロース」（自己実現）でもない、宗教的生「アガペー」（他者を原理とする献身）である。

世界に誇るべき独創的な、人格主義の宗教哲学の体系を樹立した波多野精一博士はケーベル門下の逸材として『西洋哲学史要』や『スピノザ研究』などの名著を残す。鈴木実先生の著書『出会いの人びと』によると、「西田幾多郎、岩元禎、波多野精一、安倍能成、和辻哲郎等々と錚々たる人物を門下生として有する教育者――これこそわがケーベル先生である」。現代文化・社会のさまざまな人間疎外が深刻な問題となっている今日、波多野博士による文化的生の批判と宗教的生への誘いは、文化人さらに一般人の足もとをゆるがしつづけるものであり、けっして無視されえぬ意味をもつことも認められねばならないと考える。

私たちが人格的存在として愛をもって他者とともに生きようと永遠的生にあずかろうとするならば、自然的生、文化的生、道徳的生を越えて、宗教的生に生きることの大切さを浜田、松村両先生を通して学ぶことができたことに深い感謝を申し上げたい。

二〇一四年六月　記

東磐史学会　『東磐史学』平成二十六（二〇一四）年六月二十四日

南原繁先生

吉田茂元首相の曲学阿世発言

二日付夕刊の、「あすの歴史」欄の一九五〇（昭和二十五）年に、曲学阿世の徒「吉田茂首相が南原繁東大学長の全面講和論は、真理を曲げ時勢におもねる『曲学阿世の徒』の空論と発言」に興味をもちました。

このことについて、南原先生のまな弟子で政治学者の丸山眞男先生が、二十数年前に東山町に講演に来られた時に直接お聞きする機会がありました。

南原先生は教育使節団の招待を受けてアメリカに行き、全面講和を説いたわけです。単独講和となれば、日本が最大の加害者となった中国を除くことになるわけで、それでは本当の講和にならないということを力説したのです。

これが吉田茂さんを怒らせたわけです。二十数年前、吉田さんから南原先生にあてた長い手紙が発見され公表されました。手紙の要旨は、日本の敗戦ですべての価値観、道徳観というのが地に落ちたような時に、どうやって道義を再建していくのかご意見を――という内容です。

私も吉田さんの手紙を見せてもらいました。「南原総長閣下、吉田茂」と書いてあります。吉田さんは初めから南原先生を敵視していたわけではなかったようです。手紙からは、南原先生に最大限の尊敬を抱いていたことがうかがわれます。この手紙が吉田、南原両氏の関係を見直す資料になると思います。

岩手日報　平成十二（二〇〇〇）年五月十六日

南原さんのこと

政治学者、ヒューマニストとして知られ、戦後初代の東大総長を務めた南原繁さんが、昭和三十二年十月に猊鼻渓で舟下りを楽しんでいることは意外に知られていない。摺沢高校（現大東高校）創立十周年記念講演の帰り、当時、同校の教諭だった鈴木実さんの案内で東山町に立ち寄った。その後、東山町での文化講演会でまな弟子の丸山眞男、福田歓一、宮田光雄さんが講演会講師として出席するつながりができた。

昨年十一月二十日、東京の学士会館で「南原繁没後三十周年記念シンポジウム」が開催され、会場は全国から参加した約三百人で埋め尽くされた。

戦前は象牙の塔に立てこもり、「洞窟の哲人」ともいわれた南原さんが、戦後初の東大総長として廃虚の中に立ち上がり、「祖国を興すもの」の演述で、東大にも日本にも侵しがたい精神のあることを学生や国民に対して示された。

現代、南原繁の精神から何を学ぶかを考える、貴重な示唆を与えるシンポジウムだった。主催は南原繁研究会、学士会、東京大学出版会。会場で配られたレジメにある南原さんの写真は、「被占領国に関する全米教育会議」から帰国途中、飛行機を降りられる際のもので、シンポジウムの最後に二男の晃さん（電通顧問）が、父の着ている外とうは新渡戸稲造の遺品であることを紹介された。

南原さんは、冬のワシントンが寒いのでこれを着ていかれたのではなく、青年時代に「われ太平洋の橋とならん」とのアンビションを抱き、後年、国際連盟事務次長として世界に貢献された恩師・新渡戸稲造の精神で武装されて会議に臨まれたといわれている。

南原さんはこの会議の後、ハーバード大学、コロンビア大学などアメリカの主要な大学で総長と面談され、各地で全面講和を主張された。日本の新聞にも報道され、当時の吉田茂首相との「曲学阿世論争」は有名。福田歓一さんによると、「吉田さんは礼儀正しい人で、あの時はどうかしていたのではないかと南原繁先生より聞く」とある。

私は昭和三十八年六月十二日、南原さんから毛筆でご丁寧な長い手紙を頂いた。「……なお西欧政治思想の御研究には昨年五月発行（東京大学出版会）の拙著『政治理論史』が御参考になるかとも存じます。（中略）御自愛御勉強のほど念じ上げます。早々」

丸山さんから貴重な資料になるので大事に、といわれて表具して大切に保存している。

日曜リレー随想　岩手日日新聞　平成十七（二〇〇五）年七月三日

南原繁先生追悼講演会雑感

昨年十一月十六日東大法学部二十五番教室において、南原繁先生追悼講演会（国家学会主催）が開かれました。土曜日の午後でしたが多くの卒業生を含む満員の聴衆（約三百人）が最終まで静かに耳を傾け、故南原先生を偲ぶにふさわしい一時でもありました。開会の挨拶をされた東大名誉教授辻清明先生は「本来ですと会長理事であられる宮沢俊義先生が挨拶する予定で会場にもお見えになっておりますが、歯を治療中ということで、私が代わって申し上げることになりました。本日の講演会を開くことになったねらいは二つあります。その一つは、二十六年の長きにわたって国家学会会長の任にあられ、また、戦後東大再建に心身

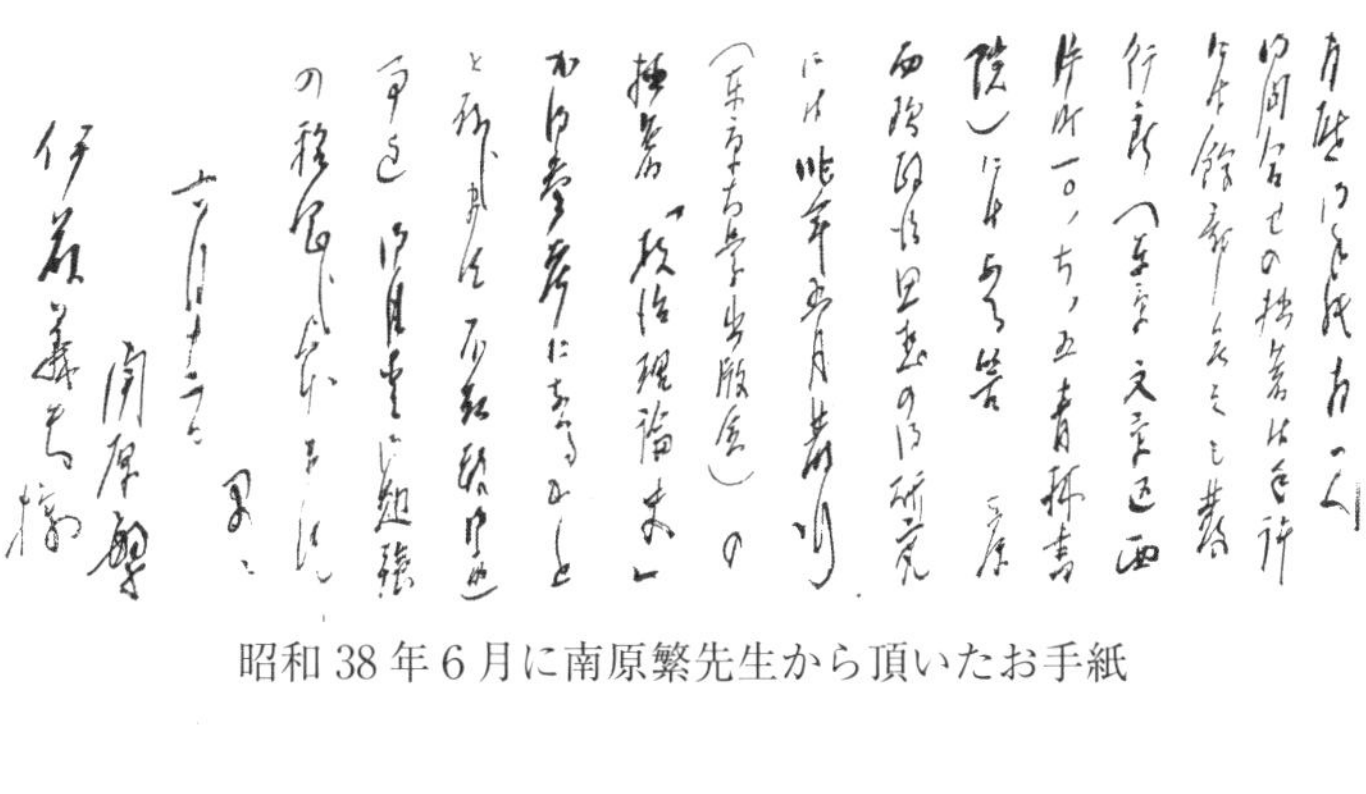

昭和38年6月に南原繁先生から頂いたお手紙

をさいた南原先生を偲んで、もう一つは南原先生の恩師小野塚喜平次先生三十周年記念（生前南原先生が心にかけていたことが実現しかねた）である」と話されました。次に講演東大名誉教授岡義武先生「小野塚先生と南原先生」、東大名誉教授丸山眞男先生「南原先生を師として」、東大教授福田歓一先生「南原先生の遺されたもの」、この三つの感動的な追悼講演会の全文は『国家学会雑誌』第一八巻七、八月合併号（有斐閣八〇〇円）に掲載されております。ここでは講演の内容には触れませんので、ぜひお読みいただきたいと思います。後に、講演会の講師丸山先生から次のような手紙をいただきました「……このたび国家学会主催の南原先生追悼講演会に遠路はるばるご出席いただき、うれしく思っておりましたところ、本日はまた当日の貴重な写真を多数お贈りいただき、御好意のほどまことに感謝に堪えません。当日はああしたとりこみの場で御座いましたので、講演会の終了後もゆっくりとお話する機会がなかったのは心残りです。しかし貴台のような熱心な方がおられただけでなく、若い学生諸君も予想外に多数出席しましたので、主催者側もまた御遺族の方もたいへん喜ばれたようでございます。ただ小生自身につきましては、一人三十分という持時間（?）を大幅にこえたために、後半は新幹線なみのスピードで話をとばしましたし、また最後にはどっと感慨が押し寄せて来たため、壇上で見苦しい挙措のまま、あわただしく打切ってしまい、後々まで自己嫌悪を覚えました次第です。したがって、お贈りいただいた写真を見ますと、有難い記念になるという思いとともに、何かいいようのないほろ苦い感情もよみがえってまいります。まあ、二十五番教室が二階もふくめて満員になった、ということで天上の南原先生の霊もよろこんでくださることと思って自ら慰めております……」

次に南原先生の告別式についてでは、鈴木実先生が書くことになっていますが、南原先生と親交のあった何人かの方に告別式の写真を私が贈りましたところ、ご丁寧な手紙をいただき、故南原先生の一面を語っているところを紹介し、故人を偲びたいと思います。

丸山眞男先生からは「……とくに葬儀の御写真は新聞報道関係には、葬儀、告別式等一切通知しなかった関係もあり、比較的に少ないので、一層御好意をうれしく存じます。目下、著作集の月報の原稿を中心とし、近親者の追憶もふくめて、南原先生追悼文集を編纂する仕事を進めております。三谷先生や矢内原先生の場合にならって、大体著作集と同じ形でいわいその別巻として出すつもりです。小生は不承の息子であり、又病弱の身で、現在も慢性肝炎で病院通いをしておりますが、せめて故先生の名を汚すことのないよう、余生を日本思想史の仕事に専念したい所存でおります。……」、宮沢俊義先生からは「……小生は手術のため南原先生と同じ病棟に入院して居りました者として、格別の感慨をもっています。……」茅誠司先生からは「……二十年前に南原先生と旅行した中国に三月二十四日出島、二週間の旅をして参ります。再び御一緒できないのが残念です。……」。大塚久雄先生からは「……南原先生が世を去られて一つの時代がおわったという感じがつよくいたします。偉大な先生でした。……」。辻清明先生からは「……先生が蒔かれた種子は、全国各地で実を結んでいることを知り深く感動しています。昨夜おそくまでかかって、五月に出版される先生の追悼文集の原稿をかき上げたところです。私は、先生と専門分野は同じではありませんでしたが、先生のような方にめぐり会えたことは、自分の生涯における幸せだったと感謝しています。……」。中村哲先生からは「……徴頭の大衆、力をたのむ学生集団に対しても、一人の具眼の士、一人の良心を念頭において語らねばならないことは南原先生あって身をもって感じていたことであります。戦前の厳しかった先生の苦言、晩年の先生の厚い心づかい。いずれもなつかしい限りにて、先生の偉大さは先生なりの内心の苦闘によるものであることは、今日になって身に沁みて感ずるのであります。……」。森戸辰男先生からは「……早いものでもう南原君の一周忌になりますかね。お説のように日本は惜しい人を失いました。……」。このほかにも高木八尺先生、福田歓一先生、岡義武先生、和達清夫先生、林健太郎先生方からもいただいておりますが、紙面の関係上から略させていただきます。

『真理』第十一号　昭和五十（一九七五）年十二月二十日

「南原繁生誕一二〇年展」について

ただいまご紹介いただきました伊藤義夫でございます。岩手からまいりました。今日、会場の入口で配付された封筒の中に「南原繁生誕一二〇年展」の資料を入れていただきました。これを見ていただければ私のスピーチは不要ですが、せっかく三分間という時間をいただきましたので、少しお話しさせていただきます。

南原繁シンポジウムにご出席の先生方の前で無名の私がお話しするというのは、前代未聞であろうと思います。皆さんはそれぞれの学問を通して、南原先生からいろいろなことを学ばれたと思います。私の家は農家でした。農家の四男で、生活が貧しく、夜学の高校に通いました。摺沢高校（現大東高校）です。それが南原先生との出会いだったのです。ほかの高校に行ったら南原先生のお話を聞くことはなかったと思います。摺沢高校に在籍していた一九五七年に同校創立一〇周年記念として行われた南原先生の講演を聞き、「真理立国」の精神に感銘を受けました。以後、独学で勉強してまいりました。神様の恵みだなと感謝しております。

お手許の封筒には「南原繁生誕一二〇年展を終えて」という資料が入っておりますので、あとでゆっくりご覧いただきたいと思います。岩手県東山町の猊鼻渓のふもと「げいびレストハウス」で開催した展示会の概要を伝えるものです。不備な個所があるかと思いますが、住所を書いておきましたので、ご意見をお寄せいただければ幸いです。今後の参考にいたします。

会期中遠方から多くの方々にお越しいただきました。南原繁研究会の鴨下重彦先生や加藤節先生、その他何人かのメンバーの方々、東大出版会の竹中英俊先生、丸山眞男手帖の会の飯田泰三先生や川口重雄先生、そして福田歓一先生の奥様とご長男の泰生先生も訪ねてくださいました。そして皆様から高い評価を頂きました。

こういう小さな展示会が地方で開かれ、世界に発信するような評価をいただいたのは、私たちの町にとって大きな財産であります。この場をお借りして関係の方々にお礼と感謝を申し上げます。

会場にいて驚いたのは、「南原繁というのはどういう人?」「岩手県生まれ?」「何した人?」という質問が大方であったことです。ただ、丸山眞男については多くの人が知っているのですね。これほど時代が変わっているのかと思いました。私は二十代から半世紀にわたり、南原先生の精神を独学で学びました。先生の学問はむずかしい。ましてや政治哲学はむずかしい。しかし、先生の根源的な真理の探究、これは聖書が根本ですからわかる。内村鑑三先生、矢内原忠雄先生の聖書の研究とあわせて私は聖書に親しみ、私は田舎のクリスチャンになりました。信仰の道を歩みました。そのことを通して南原先生に近づくことができました。私の人生の最高の宝になっております。

　南原先生の真理立国。真理によって国を立てるということを再発見したのであります。真理、真理といいますが、根底にあるのは聖書の真理です。矢内原先生は「肉体を殺すものを恐れない。肉体を殺しても魂を殺すことはできない」といいます。私は聖書の真理を人生の宝にして生きております。

　南原先生の人格に触れ、そこを核として、出会いはさらに広がりました。私は地方公務員として働いてきましたが、地方公務員の仕事の一環として、南原繁先生のまな弟子、丸山眞男先生、福田歓一先生を東山町にお迎えし、講演をお願いいたしました。快くお受けくださいました。丸山先生は一度、福田先生は二度、お越しくださいました。奥様とご一緒に猊鼻渓の舟下りを楽しんでいただきました。南原先生に出会えたうえに、丸山先生、福田先生に親しく接しえたのは、私の大きな財産であります。出会った先生方に恥じないように、残る人生を歩みたいと思います。

「南原繁展」を私のふるさとで企画実行した私の個人的な理由を申し上げます。七月九日が私の誕生日で七十歳、古希です。七十歳の古希を迎えた私が地方公務員としてお世話になったことを感謝して、何か社会に恩返しをしたい。そう考えたのが、「南原繁生誕一二〇年展」を企画した発端であります。

会場に記録簿を置きましたところ、北は北海道、南は沖縄、海外ではフランス、イタリア、アメリカ、中国、韓国から約三百名の方々が来られ、サインしてくださいました。会場になったのは観光地とか名勝地であったかもしれませんが、予想以上の反響でありました。時間になりましたので終わります。

私の拙いお話をお聞きくださいましてありがとうございます。南原繁研究会のご発展と皆様方のご健勝をお祈りいたします。今日はどうもありがとうございました。

（いとう・よしお「南原繁生誕一二〇年展」実行委員会事務局長）

南原繁研究会・編『南原繁ナショナリズムとデモクラシー』二〇一〇年　EDITEX

南原繁先生の生涯に思う

神が御子《みこ》を私たちにお与えくださった恵みの深さ、この地上世界に明らかにされたことは、大きな感謝である。二十代前半に政治学者南原繁の講演を聞いて、無教会の家庭集会で聖書を知った。内村鑑三は「キリスト教は西洋の宗教にあらず、キリスト教はこの世の宗教にあらず、天国の宗教なり」と言っている。新渡戸稲造の感化を受け、内村からキリスト教信仰を学んだ南原は、無教会キリスト者としてその生涯を貫いた。

彼は伝道者としての道を歩まず、戦後東大総長として行った幾多の名演述の中でも正面切って神や信仰を語ることは少なかった。十一月十八日東京の学士会館で、第三回南原繁シンポジウム（南原繁の信仰と思想に学ぶ）に出席。南原は戦前から晩年に至るまで、いささかも主張を変えず、特に戦後の混乱期に一貫して平和や教育問題で高い理想を説き、福音信仰に生きた生涯に、今日的意味をもう一度問い直す機会が与えられた。福音の命と力を学んだ。

今年もクリスマスを目前に、それぞれ教会や家庭で御子の降誕を心からお祝いし、父なる神に感謝します。

奥羽教区通信　第二七五号　平成十八（二〇〇六）年十二月十八日

矢内原忠雄先生

『矢内原忠雄全集』完結記念会に参加して

七月二十五日、学士会館で『矢内原忠雄全集』購読者の記念会があることを知り、全国の読者の人々とともにこの全集の意義を深め、感謝したいという願いから、職場の多忙で困難な中を参加させていただくことに恵まれました。開会までに時間がありましたので、精華学園の石井満先生をご自宅に訪ね、青年時代の矢内原先生のことをおきかせいただきました。また、政池先生の日曜集会に参加し、先生とともに学士会館に伺いました。二時に開会し、讃美歌三二〇番を歌った時の私どもの心は深い感動を覚え目に涙が溢れました。司会者（奥山清四郎氏）の祈り、世話人挨拶（村山道雄氏）、編集事務報告（坂井基始良氏）来賓感話（大塚久雄氏、三谷隆信氏、川西実三氏）他有志感話、そして恵子夫人の挨拶、どれをとっても真実がこもっていて、矢内原先生も天国においてこの記念会を喜んでいることでしょう。席上での西村秀夫先生のお話にもありましたように、今後矢内原忠雄研究が行われるであろうということが、当然予想されます。そのために資料の蒐集を考えておくことが大切で、東大教養学部内に資料を置くことが許されたとの事ですが、真に喜ばしいことです。真理探求の使徒、純粋なキリスト者、優れた社会学者、そして偉大な教育者を研究する者が当然現れるでありましょう。私たちは矢内原先生を偶像化したりすることなく、飽くまでキリストの福音信仰が主体であり、純粋な信仰の主体性の確立をなした一人の足跡として、われわれもまたその後に純粋な立場に立って歩もうとするならば、矢内原先生もどんなに喜んでおられることでしょう。今年は戦後二十年。日本は先進国なみに復興を続けたといわれ、新しい経済成長の姿は、世界の驚異とすらいわれています。だが果たしてそうでしょうか、静かに身の回りをながめてみると、根の浅い享楽本位の消費生活であり、経済的繁栄の底に、何か寒々とした貧困な精神状況があるのではないでしょうか。日ごとに人間性を失っていく現代人の姿、精神生活の荒廃が時とともに目立っている今日、全集全二十九巻の完結は現代の日本にとって、また将来においてどんなにか貴重な遺産であり、重要視されることか計り知れないでしょう。今後私達の責任も大きいと思います。もちろん私はただ東北の岩手の地でキリストを信じ、全集を講読している者にすぎませんが、ここにきわめて未熟な思いを記して、あるいは矢内原忠雄先生の名を汚すことにはなりますまいかとも考え恐れつつも、私自身の置かれた持ち場、家庭、職場、地域社会において、矢内原忠雄先生の戦いを継承したいと願い、さらに根源的にいうならばイエス・キリストの真理の道を一筋に探求を続けたいと思いますと同時に先生に対する深い感謝をあらわすためにこのたびの全集完結記念会に参加をさせていただいた次第です。

東京独立新聞　昭和四十（一九六五）年八月十五日

矢内原先生と現代

敬愛する矢内原忠雄先生がその地上の生涯を終えてから、早くも十年の歳月となった。教育者として、学者として、そしてまた宗教家として、先生は偉大な足跡を歴史の上に残された。しかし、先生の死が今日もなお多くの人々に惜しまれているのは、そのような先生の輝かしい経歴の故であるよりも、先生の六十余年の生涯が真の平和と民主主義の確立のために捧げられた、ということによってである。矢内原先生なき現在の日本はどうであろう。物質的な繁栄のかげで、人間関係の喪失、精神の荒廃、人間の孤立化が大きく目立つ。私は、悲痛な事件が発生するたびに思うのであるが、果たして学校教育はこれでよいのであろうか。そうした反省と同時にまた学校教育の限界をも感じざるを得ない。毎年四月に入学する児童の一人ひとりの目には一点の曇りもなく純真に輝いている。それらの中から、いつ、どこで、どうして大それた犯罪を犯す者が現われるのであろうか。学校においては道徳教育、生活指導、その基盤となる情操を養うための、音楽、図工、読書など指導について精一杯の努力がなされているが、しかし、それらのために費やすことができる時間はきわめて少なく、その弊害が久しく叫ばれながらも、いまだに知育偏重に走り、真の人間教育はできない。それに拍車をかけているのが、いうまでもなく高校、大学の入学試験である。エリートコースを進ませることが子供の将来を幸福に導くものと思い違いして、名門校への愛が不当な競争意欲をあおる。中学は高校入試のための、高校は大学入試のための知育中心の教育が行われ、それが、小学校教育をゆがめているのである。小学校においてさえも豊かな心情を養う暇はないというのが現状である。家庭における幼児教育も、昔は、祖父母から昔話を聞かせてもらった。その上、心あたたまる年中行事に加わったり、実事の手伝いなどもしたりして、その中で思うぞんぶん夢をふくらませたものであった。ところが現代は、老人とも別居、年中行事もすたれ、入れ替わりにほとんどの家庭にテレビが置かれ、テレビが子守り役となり、子供向けのものだけを視聴するならまだしも、次から次へと展開される番組を見て、いつの間にか大人の世界に入ってしまう。また、子供を取りまく社会環境はどうであろう。ほとんど放任に近い大人の遊び場、エログロ週刊誌の氾濫、映画とその看板等少年の本能を刺激する材料があまりにも多すぎる。一方、大人も、空疎で単純で下等なパチンコ遊びにふけっている。また帰りの電車やバスの中では夕刊を開く。夕刊の大部分はプロレス、プロ野球のことしか書いていないスポーツ新聞、彼らは今日の社会のニュースを求めているのではなく、ただむなしい怠惰と疲労とが満ちているばかりで、それが、現代の繁栄が青年たちに与えつづけている目に見えない巨大な公害であることを忘れてはならないであろう。それに、産業公害の深刻化と都市の過密化による生活環境の悪化、さらに交通戦争による家庭破壊、肉親をなくした悲しみ、生活の支柱を〝くるま〟に奪われた家庭の暮らし、たちどころに転落し子供は高校進学もおぼつかないという社会問題も起きている。さらには、自由世界経済の中で第二位という強大な経済力をもつに至った日本はいたるところで摩擦を起こし、一部には軍事大国への転身を恐れる風潮さえ生んでいるのが現実である。これらのように現代の社会には、経済成長の裏側で、目標感覚の喪失にともなう断絶、疎外、価値観の混乱、さらには広く環境破壊といった病理現象が目立つ。いったい、人間らしさを取り戻し、人間優先の社会を確立するために、われわれキリスト者は当面何に取り組んだらよいか。矢内原先生のいない現在の日本は悲しい。「民主的な人間形成が日本国民の中に行きわたるまでは、日本民主化の叫びが私の口からあがらずにはいられない」と野に叫ぶ小さな声と規定した先生から、われわれも信仰の生き方の原理を深く学びとらなければならない。今後、国の内外に矢内原忠雄先生の研究が行われることであると思います。先生のこの十周年記念文集が、少しでも矢内原先生の信仰と精神を記念しうるものであることを祈りたい。

東京独立新聞　昭和三十九（一九六四）年八月十八日

菅原喜重郎先生

お別れのことば

菅原喜重郎先生が天に召されたことを知って教会員一同驚きと深い悲しみに包まれています。去る五月二十六日礼拝後、長女の行奈さん、三河豊牧師と三人で前沢の病院菅原先生をお見舞いに行きご健康が支えられますよう祈ってきました。近く退院して自宅で一関病院佐藤隆次院長の緩和ケアを受けながら家族とともに生活することになることを聞きましてひとまず安心して病院を後にして帰りました。間もなく退院され自宅に伺い喜んでいましただけに、召天が早まったことは残念でなりません。柴宿教会を代表してお別れの言葉を申しあげます。柴宿教会が創立されて今年は四十四周年。八月十八日の記念礼拝の準備中で、菅原喜重郎先生も記念礼拝に出席されることを楽しみにしておりました。先生は地方自治等数々の公職に着きながら、教会創立以来教会役員として最後まで重責を果たされました。先生は同志社大学神学部で波多野精一博士の高弟浜田与助教授から波多野宗教哲学を学ばれました。一九四五（昭和二十）年、波多野博士は二年間千厩町に疎開。千厩町で波多野博士から直接指導受けた三浦所太郎先生、鈴木実先生方と千厩町の協力によって同町愛宕神社境内に博士疎開記念碑「生は他者への生であり他者との交りにおいてのみ成立する　波多野精一博士疎開の地を記念して　一九百六十年十月九日浜田与助書」を建立。遺訓は松村克己関西学院大学教授が波多野精一著『時と永遠』の中から撰び、浜田教授の力のこもった揮毫を薄衣の名工が刻んだものです。一九六〇（昭和三十五）年十一月三日浜田先生、博士の嗣子・雄二郎夫人八重子さんらを迎えて除幕式が行われました。一九八〇年千厩町は市街地整備計画に伴い記念碑を、東山町長坂の柴宿教会前向かいの高台に移転（しばじゅく歯科駐車場）。教会員と歯科医院の先生方と信仰の貴重な遺産として大事にしています。千厩町の新公園となった跡地には、高田博厚氏の高弟沖村正康彫刻家がレプリカを銅版で新調。一九八〇（昭和五十五）年松村克己先生、波多野八重子さんを迎えて除幕式が行われました。古代においてはソクラテス、近世においてはカント、現代においては波多野精一といわれる知の巨人が千駄町に二年間疎開されたことは驚きです。二〇一二年に菅原喜重郎先生が出版した『西洋哲学要史』は難解な波多野精一著『西洋哲学史要』波多野宗教哲学を理解するうえでも読まなければならないご本です。菅原先生から数多く学んだ中で、波多野宗教哲学『時と永遠』の時間論。まさに真理探究です。二〇〇九年菅原先生が自ら実行委員長となって戦後初代の東大総長「南原繁生誕一二〇年展」二〇一四年政治学者「丸山眞男生誕一〇〇年展」、昨年は西洋経済史学者「大塚久雄生誕一一〇年展」いずれも、げいびレストハウスを会場で開催。全国から関係者が来場。高い評価を得ております。すべて菅原先生のお陰です。柴宿教会は波多野精一、浜田与助、松村克己先生方の魂が満ちています。礼拝にはいつも緊張感と喜びをもって礼拝に出席できることを感謝しています。最後に、偶然にも日本キリスト教団出版月刊誌『信徒の友』六月号（日毎の糧）二十八日の欄で柴宿教会が紹介（牧師、創立年、会員、礼拝出席、予算等）波多野精一博士疎開記念碑「生は他者への生であり、他者との交りにおいてのみ成立する」。キリストへの生と神との交わりを信仰に喜んで礼拝に努めている。と掲載されています。全国のクリスチャンが読んで柴宿教会を覚えていてくださっています。菅原喜重郎先生天国からご家族と柴宿教会を見守っていてくださることを祈ってお別れの言葉といたします。

柴宿教会代表弔辞　於葬儀場　令和元（二〇一九）年六月二十九日

二　新聞投稿集

昭和四十二（一九六七）年〜昭和五十八（一九八三）年

大学の計画的整備を望む

政府は六月二十九日、第八回中央教育審議会委員の新しいメンバーを決定し、三日に第一回総会を開いた。席上剣木亨弘文相は「今後における学校教育の総合的な拡充整備のための基本的施策について」を諮問した。諮問はこれまでのように、個別的問題についてではなく、幼稚園児から社会人に至るまでの教育全般について審議し、教育の長期ビジョンを確立しようとする画期的なものである。

戦後、改革された新しい教育制度は、教育内容、教育財政、そして人間教育――などいろいろな角度からその欠陥が指摘され、再検討が強く叫ばれてきた。今回の諮問の内容は、広く教育全般にわたって再検討を加え、いわゆる〝二十一世紀の教育づくり〟の基盤を固めようとするもので、今までの欠点を是正し、新しい時代に即応した教育制度を打ち出すよう期待したい。

この中で特に注目したいのは文部省が中教審に示したいくつかの具体的課題の中で、早急な解決が迫られているのが無計画、無秩序に設置されてきた大学の対策である。もちろん、大学の拡大には、人材を求める社会的要請、技術革新を軸とする産業、経済の発展、国民生活の飛躍的向上――などの背景がある。また、いわゆる〝ベビーブーム〟の異常な圧力が大学の門を広げさせた特殊事情もある。それはともかくとして今や短大を含めた大学の数は八百二十校を越え、学生数は同一年齢人口の二〇パーセントに当たる百二十万人に達しているのが現状である。旧制の中学校在籍者を突破するいきおいで、米国に次ぐ世界で二番目の大学普及率といわれる。

プラスの面としては国民一般の教養の向上、広い社会的階層からの人材発掘の可能性の増大などがあげられるが、大学の大衆化、マスプロ教育にともなうマイナスの面も大きい。学生の能力、個性を伸ばし、指導者としての人間形成を行う環境が失われたこと、教授と学生との人格的接触の機会がなくなっていることなどがそれである。このような傾向に拍車をかけているのが、高校の教育課程と大学の一般教養科目との重複であり、教授の教育的情熱や教授能力よりも学問的業績を重んずるわが国の大学の伝統である。

大学の大衆化は教育の質の低下をきたしていることも周知の事実である。人間形成のための広い教養を与え、高度の職業教育をほどこすことのほかに、大学は学問研究と研究者養成を任務としている。多数の進学希望者に門戸を広げながら「学術、文化の中心」たるにふさわしい質の高い研究活動を行うというむずかしい課題に大学は直面しているといって過言でない。わが国だけでの問題ではなく欧米の先進国がかかえる難問でもある。
このような難問を解きほぐし、大学の将来計画はいかにあるべきか。計画の基本は大学を目的、性格にもとづいたグループに分けることである。そのヒナ型になるのは、さる三十八年に行った中教審の答申にみられる「大学院大学、大学、短大、高専、芸術大学」の組み分けであろう。さしあたり必要なのは、大学の粗製乱造にストップをかけることであり、既存大学のレベルアップのため、国公私立の別を問わず、国が重点的に教育、研究費をつぎこみ、その中から大学院大学を育てるくふうをすることが望ましいと私は考える。一刻も早く荒療治をする決意と勇断がなければ大学全体の荒廃を招き、国際間の競争に遅れをとることにもなりかねない。

岩手日報　昭和四十二（一九六七）年七月十二日

女性と社会の向上

十二日の声欄「真の女の能力考えるとき」に全く同感です。今回の婦人週間のテーマは「婦人の能力を生かす」で家庭、職場や地域社会を問わず婦人がじゅうぶんその能力を生かし、わが国の発展に尽くすことがねらいとされている。近年いちじるしい経済成長、技術革新の進展を大きな軸として日本の社会は、今までにない急激な変化を示し、この変化の波が家庭の経済生活、生活文化の領域にも押し寄せ、「消費ブーム」とか「レジャー時代」「高度経済成長」とか一見明るいことばの背後には「交通戦争」「入試地獄」「青少年の非行化」など幾多の社会問題が深刻化し「豊富の中の混乱」ともいうべき時代に当面している。

女性が尊重され、気品を保っていることは、ただ女性だけの幸福にかかわることではなくその存在を通してこそ、男性の生活も豊かにされ、ひいては社会全体が高められていくのではないでしょうか。

岩手日報　昭和四十二（一九六七）年四月十八日

「教師の任務」に同感

五月十日の夕刊論壇で福島さんが、教師の任務を論じられていたが、全く同感です。戦後教師はかつてのような「聖職者」であることを自ら否定し、労働者になったことをあげる人も多いにちがいありません。教師は労働者ではなく、聖職であると説く人もたくさんいます。また、労働者である一面を認めても、普通のサラリーマンと同様であっては困ると思う人はさらに多いでしょう。

このように、世間の多くの人々は、子供の未来にたいして責任を負う教師に特別の期待をかけていることは事実です。そこで、教師に求められているのはきびしい倫理感です。日本の教師は、この期待にこたえてほしいと同時に、地域の生活の中にとけこんで、父母とともに子供の幸福を考えるところに教師の新しい姿勢と進路指導の方法があるのではないでしょうか。

岩手日報　昭和四十二（一九六七）年五月十七日

医師の研修を強化せよ

「大学医学部卒業後における教育研修に関する懇談会」は、このほど中間報告をまとめた。それによると現行のインターン制度を廃止するとともに、卒業と同時に、医師の国家試験を受けられるようにし、合格者には医師の免許を与えるが、医師の免許を得た後も、引き続き、臨床医学の知識や技術を習得させるため、合理的な研修制度を確立することを要望している。構想の大綱は一応、妥当といえる。しかし、医学教育のあり方を検討するに当たってわれわれ国民として要望したいことは、医学教育制度が医師や医療機関の立場だけでなく、医療を受ける一般国民がどんな医療を求めているかによって決めてほしいことだ。

国民が望んでいるのは、信頼できるすぐれた医師が、病気を正確に診断し、ムダのない効率的な治療を行い、早く快復してくれることである。医学、薬学の進歩がめざましい今日、病気の様相も、いよいよ複雑になっているようだが、りっぱな医師になるには、ますます長期の研修期間が必要となってくるのは当然と思う。尊い人間の生命を扱う仕事だけに、欠陥の多い現行のインターン制は廃止するにしても、医師の研修は不必要どころか、もっと充実強化しなければならない。

岩手日報　昭和四十二（一九六七）年二月二十一日

交通事故犯に厳罰を

交通事故を減らしたいという国民の願いをよそに二十日、盛岡で黄色い旗を無視して幼児をはね、重傷を負わせたまま逃走したのをはじめ、このところ、県下各地でひき逃げ事件が多発した。県警本部では連続して起きたひき逃げ事件を重視し、二十一日の交通安全協議会でも緊急討議したが、わずか十三時間のうちに三件も連続して起きた〝動機なき殺傷〟だ。このようなことがないように徹底的な取り締まりを願いたい。

県下での今年のひき逃げ事故は、この連続三件を含めて八件にのぼり、三人が死亡、八人が重軽傷を負っている。うち死者だけをみると、交通事故による死者の六分の一を占めている。昨年一年間では百十九件のひき逃げが発生、九人が死亡、三十一人が重傷、七十九人が軽傷を負っている。また全国では毎日、四十人近い貴重な人命が交通事故で奪われ、千三百人もの人が重軽傷を負っている。事故発生をいくらかでも減らさねばならない。交通事故防止に社会の総力をあげると同時に、早急に対策を講じ、悪質な交通事故犯罪には罰罪を加え、特に日本人の精神構造の中に横たわる人命軽視の観念に対して、徹底的な反省と検討のメスを加え、今こそ人命尊重の気風を高めようではないか。

岩手日報　昭和四十二（一九六七）年二月二十四日

非行防止のために

第十七回「社会を明るくする運動」は、七月一日から一カ月間の日程で、〝青少年の非行防止〟を重点目標に全国一斉に行われている。青少年の非行化の原因はいろいろのことが考えられる。都市への過度の人口集中、不健全な娯楽のはんらん、電化やレジャーなど生活文化の向上がみられる一方、それを経済的に支えるための共かせぎの増加にともなう家庭内の児童の孤独化など。

さらに、これを家庭、学校、地域社会などについてみれば、それぞれの親、教師、社会の大人たちの指導性を欠く点があげられよう。最近は特にこうした児童の健全育成の穴を埋めるものとしてテレビ、映画、週刊誌などが大きな影響力をもって登場してきていることも見のがせない。このように、社会生活が過去とは異なって複雑化しており、娯楽設備も倍加しており、それが青少年のモラルに影響しているのである。青少年の非行化防止のためには、国民すべてが深い関心を持ち、特に政府が率先して経済や政治の立て直しを基に、住みよい社会をつくることに努力することが望まれる。

岩手日報　昭和四十二（一九六七）年七月十日

学生諸君、教室に帰れ

法政大学の学生処分問題をめぐる紛争は二月の早大事件を越す逮捕者を出すという学生、警官との乱闘騒ぎとなり、逮捕された学生二百七十二人は全員送検された。学内の問題を自主的に解決ができなかった大学の態度は遺憾である。学生の自治活動は尊重しなければならないが、それにはおのずから限度と節度がなくてはならない。自治活動に伴う規律を無視し、無秩序な自治を主張し、暴力行為に出るということは、許されるべきではない。静かに真理探究と学問研究に没頭すべき学園は、外部の権力や腕力のみだりな侵入から守るべきである。大学の自治もそのために尊重されるべきである。

大学当局と学生のするどい対立がみられるところは、早大、法大だけではない、紛争の原因は、学生寮、学生会館の管理、運営問題と授業料値上げ反対がほとんどであるが、われわれ一般からみれば、いったい現代の学生は大学で何を学びとろうとしているのだろうか、といいたい。ただ知識と名誉とそして夢みる革命行動の拠点として大学を利用しているように感じられる。私は学生諸君に教室に帰れといいたい。

岩手日報　昭和四十二（一九六七）年九月十七日

キング師の死をムダにしまい

アメリカの黒人解放運動の有力な指導者であったキング牧師が暗殺された。五年前のケネディ大統領暗殺にもおとらぬほどのショックを、キング師の死は世界に与えた。ケネディ故大統領が政治の指導者なら、キング師は人道と平和の指導者だった。キング師は、ノーベル平和賞を贈られた非暴力主義を掲げる米公民権運動の最高指導者であり、人種平等を求める黒人革命の象徴的な存在であった。黒人ばかりでなく、白人の間でもあつく尊敬されていた。同師が暗殺されたことは、時とともに険悪の度を加えている人種問題の前途に大きな暗影を投じたことになる。

リンカーンの奴隷《どれい》解放宣言からすでに百年を越えている。その間黒人の得たものは彼らの側から見ればあまりにも少ない。アメリカの国民総生産は八千億ドルを越え、所得の増加、活気あふれる工場、新しいハイウエーを走る新しい車、ますます多くの家族が住宅を所有し、テレビの普及も七千万台以上に達している。これは年頭教書が描いて見せたアメリカの繁栄の姿である。黒人居住区に見る貧しさと乱雑さは、これとは対照的である。キング師とともに戦ってきた人々、黒人も白人もともに決してキング師の死をむだにはしまい。

岩手日報　昭和四十三（一九六八）年四月

明治百年と日本がめざすもの

この秋十月二十三日に日本は明治改元からちょうど満百歳を迎える。この百年、日本は国内的にも国際的にも大きな変化のもとに自らの運命を歩んできた。明治百年に当たるというので各種の記念行事も計画されている。過去百年の日本の近代史をどう評価するかによって、記念の仕方も違ってくるわけで、歴史学界の一部から、保守党政府の記念の仕方に異論が出ているのもその現われである。

しかしいずれにしても、われわれ日本人が、この機会に、明治維新と敗戦後の変革、この二つの大きな変革を含む百年の歴史を振りかえって、そこから、今後の日本が目ざすべき方向への示唆をくみとるというのは、意義のあることだと思う。こうした意味からも歴史の回顧、再認識が盛んである。歴史を知ることは、将来を考えうるうえからも不可欠であるが、明治百年の回顧とならんで十年後、二十年後、さらに二十一世紀の展望もまたいろいろな方面から行われている。そして、科学技術の驚異的進歩と、経済の飛躍的発展に裏付けられた十年後、二十年後、さらに二十一世紀の未来に描かれる日本の姿には、現代からみれば夢のような面もある。国民総生産が米ソに次ぐ世界の第三位になる日も間近く、一人当たり国民所得が二十一世紀には、アメリカを追い越すという米学者まで現われるにいたった。このような日本の近代百年史を振りかえって、私たちが今後の方向を考えるに当たって、そこからくみとるべき教訓は一体何であろうか。

まず第一点として、軍事的膨張主義への反省を忘れてはならないということであろう。国際環境も列強の帝国主義時代と現在とは違うし、地球は狭くなり、国際経済の様相も違う。ベトナムの戦火は現在も燃え続け、政府が国防意識の高揚をあせる気持ちもわからぬではない。しかし、過去百年の間に、日本がアジアでとった国家行動が、隣国や東南アジアに、いまだに深い傷あとを残しているのを忘れてはならない。日本の対外政策の基調を、あくまで平和主義におき、善隣友好に徹することこそ歴史の教訓に学ぶ態度というべきであろう。『今日の中国の対外姿勢については、日本の過去の中国政府に対する姿勢に一半の責任がある』というトインビー博士の歴史学者としての指摘は、きわめて傾聴に価する。戦禍と貧困に悩んでいる東南アジアの各国に対しても、日本のとるべき態度は、同じアジアの一員として、犠牲を惜しまず、繁栄を共にするという根本精神を堅持していくべきである。日米間の友好は、今後も日本外交の基調であるべきだが、そのことが直ちに、アメリカの現時点でのベトナム政策に一〇〇パーセント同調せねばならぬということにはなるまい。

次に百年の歴史に学ぶ国内施策の基本方向はいかにあるべきか。過去二回の変革が追求した市民革命の理想である自由と平等は、果たして今の日本国民一人ひとりの上に具現しているのであろうか。日本経済の高度成長を反映した消費ブームの裏で老女の自殺と、自動車一万台当たりの交通事故死がともに世界一であるという不名誉な数字もある。政治の腐敗や過密都市の弊が目立ち、経済と道徳の不均衡が嘆かれているが、対策のほうはあまりはかばかしくない。二度の変革がめざした理想の達成にはまだまださねばならぬことがあまりにも多いことを示している。とりわけ政治の腐敗は議会制民主主義への不信となり、自由と民主主義を圧殺する変革に通ずる危険性をもっている。どんな体制でも必ず欠陥は現われる。問題は、その矛盾や不合理が拡大し、累積しないうちに、是正する能力が民族に備わっているかどうかである。

わが日本の明治百年の歴史を顧みると、明治維新の業績と戦後の経済の高度成長とは、確かに世界に誇るに足るものである。その間失敗もあったが、民族の能力を実証する実績といってもよい。今年はこの栄光の歴史をになう民族の自信と責任感をもって、必要な内外施策を強力に推進する年であってほしい。日本は先進工業国の一つの典型として現在、国際的に共通な諸問題に当面しているといわれているが、これまでの日本の文化的資質、長い歴史を通じて形づくられた国民性、独自性をじゅうぶん認識して現在と取り組んでいくのがこれからの日本のあり方だと思う。

東京独立新聞　昭和四十三（一九六八）年四月十五日

憲法施行二十一年　護憲運動とキリスト者

五月三日は憲法記念日である。昭和二十二年五月三日に平和主義人権尊重、民主主義を三つの柱とする新しい憲法が施行されてから今年は満二十一年にあたる。この憲法施行当時に最も議論された「象徴天皇」について、総理府の行った世論調査でも、実に八〇パーセントに近い多数が支持を与えた。これは現行憲法が掲げた三大理念の一つである民主主義は、わが国の主権は国民にあり、国政は国民の厳粛な信託によるものであって、その権威は国民に由来する、というわが国のあり方に国民の多くが満足していることを示すものであるといえよう。

この民主主義の上にたつ国会はときどき混乱や腐敗を起こして、国民の怒りを買っている。しかしそれは民主主義の理念が悪いのではなく、政治家の姿勢や、国民の批判精神に欠ける点があるからである。いかなる国においても、民主主義が理想通りに実現しているところはない。国民の不断の努力で、一歩一歩、民主主義を定着させる以外にはないであろう。

日本国憲法が「よい憲法」であり、世界に誇るに足る憲法であるにもかかわらず、何となく政府の態度によそよそしいものがある。憲法の掲げる平和主義の〝具体的内容〟をめぐって、保守対革新の間に激しい対立が生じた。その結果、保守は改憲を、革新は護憲を指向する勢力のように、一種の色わけが生じている。憲法はその前文で、日本国民が恒久の平和を念願し、再び戦争の惨禍を招かない決意をした、と宣言している。そしてその具体的な内容として、世界に類のない「戦力不保持」の第九条を設け「われらの安全と生存を、平和を愛する諸国民の公正と信義」にゆだねることにしたのである。

このような平和主義の理念は、現実の国際情勢の中では、五十年百年のきびしい試練をくぐり抜けて初めて達成できる目標である。米ソの冷戦が始まり、朝鮮事変が起こり、国際情勢が悪化するにつれて、わが国も好むと好まざるとにかかわらず、警察予備隊、保安隊、自衛隊と漸進的に防衛力を充実させてきた。今日では、わが国自衛隊の実力は、アジア自由陣営の中では最強のものになったという評価も出ている。このような実態は、平和憲法が当初に掲げた理想図とは、明らかにそぐわないものである。政府はここ十数年間

「戦力なき軍隊」から「自衛のためなら軍隊も持てる」「自衛目的に限定すれば、理論的には核兵器を持つことも憲法違反ではないし足の短い爆撃機も保有できる」と憲法解釈を〝拡大〟してきた。今では、海外派兵だけが、この拡大を食いとめる唯一の限界線となった印象が強い。

国の基本法をめぐって、このような論争が長く続くのは、決して好ましいことではない。保守陣営の中には、保守こそは憲法を守る立場にあり、いつまでも「白馬は馬に非ず」式の憲法解釈を続けるよりも、すっきりと憲法改正に踏み切ったほうがよい、との根強い底流がみられる。

しかし、われわれは、キリスト者の一人として憲法改正には絶対に賛成できない。平和憲法は「現実との調和」において、いろいろの矛盾に苦しみながらも、なおかつ世界に誇るに足る憲法であると信じている。国民の多くは、むずかしい法律論は別として、憲法の精神と自衛隊のかね合いを、きわめて現実的に理解しているように思われる。総理府の世論調査でも「よい憲法」と答えている人が多く、憲法の第一のイメージは「平和をめざしている」点にあると答えている。ただ自衛隊に反対する人よりも、賛成する人のほうが多いのは残念に思う。

ここで憲法を改正して、公然と再軍備に踏み切ったとしても、益するところよりマイナスの面が多いであろう。まず平和憲法がわが国経済の発展に寄与した面、またアジア近隣諸国に〝平和日本〟の安心感を与えてきた効果などは大きく評価されてよいのである。現行憲法が人権尊重の一面として、人間らしい生活をする権利を保障している点も、これから大きな問題であろう。

憲法はすべての国民に侵すことのできない基本的人権を保障している。その権利とは、各人が好き勝手な自由のみを要求して、それに伴う社会的責任を回避してよいということではない。他人の迷惑をかえりみない土地取得、企業利潤のみを追求する企業のエゴイズムなどが、どれほど都市問題を深刻化させ、公害に苦しむ人を見殺しにしてきたか。ローマ法王さえも「私有財産は誰によっても絶対、無条件の権利ではない。他の人たちが困っているときに、自分が必要としない物を独占することは許されない」という回勅を出す時代になっている。日本国憲法が保障した基本的人権の中には、そのような積極面、すべての国民に生存権、労働する権利など、国民のすべてが協力して実現するという理念が含まれている。

昭和三十七年四月に発足した「憲法を守るキリスト者の会」は日本のキリスト教会では初めての超教派的、超政党的キリスト者個人の自由参加を原則とした幅広い運動、さらには憲法記念日にキリスト教講演などが開かれて、日本の平和憲法を守る運動が進められていることは、きわめて意義深いことである。この恐るべき日本の現実に目覚めて人権と平和を守るために、憲法を守るキリスト者の会の実質的前進を期したいと願っている。

東京独立新聞　昭和四十三（一九六八）年五月十五日

参院選の意義

第八回参院通常選挙は十三日公示され、各党、各候補は七月七日の投票日をめざして、全国で激しい選挙戦を展開している。参院選は三年ごとの定期選挙だが、各党はこの選挙をたんなる〝中間選挙〟としてではなく、一九七〇年に向けての前哨戦としてきわめて重要視し、全力をあげてこれと取り組む構えを示している。

与党の自民党は日米安保体制堅持を柱に、平和と繁栄の実績を訴えようとし、野党各党は現在の同体制打破を基本に、それぞれ特色ある防衛、安全保障体制を呼びかけている。この安全保障問題のほか、中国、沖縄、物価、政治姿勢も大きな政策の争点となっている。最近の国際情勢はベトナム、アメリカなどを中心に激動しており、国内でも慢性的物価上昇のほか佐世保港放射能汚染、九州大学構内への米軍ジェット機墜落、さらに三派全学連デモ、日通汚職による国会議員の逮捕などの事件が続出、これら内外の諸問題は各党の争点に関する国民の判定に、強い影響を及ぼすだろう。

参院選挙は現実政治へのじかの影響という面では、総選挙におよばないかもしれないが、それだけにかえって正確な世論の動向や、国民の冷静な判断というものが、この選挙の結果に示されることが多い。その一例として、昨年の一月総選挙で、自民党は初めて得票率で過半数を割ったが、それでも衆議院議席では過半数より約四十議席も多い絶対多数を維持し、それが佐藤栄作内閣の政策を遂行する基盤となっている。だが、参院では、すでに三年前の選挙の結果、与、野党の差は縮まり自民党は過半数より十三議席しか多くない。

自民党は現在、参議院議員から議長一、閣僚三、政務次官六を出しているが、これを差し引くとほとんど過半数すれすれである。もとより、これらの人々も、いよいよの時は採決に加わるというようなことを繰り返す状態にある。今でさえ、野党が強く反対する法案は、ほとんど国会を通らないのに、こんどの選挙でさらに自民党勢力が減退すれば、政府・与党の国会運営はきわめて困難になるだろう。こんどの参議院選挙を〝五議席をめぐる攻防戦〟というのは、このためである。

国会運営が行き詰まった場合、衆議院なら解散を断行して民意に問うことができるが、参議院には解散はない。こんど選出される参議院議員の任期は六年であり、参議院の与、野党分野はあと三年後の一九七一年の選挙まで変わらない。国民の総意が、衆・参両院の議席数のいずれにより正しく反映されているか、という問題はむずかしい議論になるが、少なくとも自民党に対する国民の支持率が徐々に低下しつつあり、それが参議院の勢力分野に、先行した形であらわれているということができよう。これが多党化時代といわれるものの真の姿である。衆議院の議席は解散によって変わるが、参議院は、こんど選ばれる議員によって一九七〇年を迎える。これが今度の選挙の重要な意義のある点でもある。

すでに各政党とも、この選挙を、七〇年問題の前哨戦と性格づけ、盛んな安保論議を展開している。また、三年ごとに必ず行われる参議院選挙は、国民が自らの政治意思を定期的に明らかにする中間選挙的意義をもつものである。

七〇年までには、ベトナムをめぐる和平の話し合いも、中国の文化大革命のあらしも、収拾され、アジアに新しい政治情勢が開けるであろう。これらの展開も含めて、国民の一人ひとりが自らの政治信条を確かめ、良識をもって国政の将来を考えてみることは、きわめて大切なことである。

岩手日報　昭和四十三（一九六八）年六月十五日

大学管理に参加を　学生たちの才能生かす道

東京大学では、全学共闘会議派の学生による医学部本館封鎖、小林医学部長のカン詰め、読売新聞記者への集団暴行事件などが続発、学園の紛争はますます泥沼化の様相を深めてきた。事態の収拾を図ると、大学の自治能力そのものが疑われ、学園の正常化のため国家権力の介入を招かざるを得ないことになる。このほか紛争を起こしている大学は、全国で約六十を数えると聞く。

これらの大学騒動の原因は単純ではない。大学によって、さまざまな紛争のタネをかかえこんでいるわけである。東大や東京医科歯科大のように医師の新しい研修制度をめぐっての紛争、日大や早大のように学園の民主化、近代化をめざす学生の要求が当局と衝突しているところ、学生寮や、学生会館の自主管理をめぐって対立しているところなどが代表的なケースである。彼らは大学の制度、管理運営の現状に失望し、大幅な改革の要求を大学当局に提出している。

大学の拡張は教育の民主化の必然的な帰結であるが、これに拍車をかけたのが、技術革新に遅れまいとする各国の教育競争であった。こうして先進国は、百万人という単位の大学生を持つにいたったのである。大学の量の拡大は、結果として質の低下をもたらさざるを得ない。さらにマンモス大学は教授と学生の師弟愛を失わせ、学生は大衆の中で自己の姿さえ見失う羽目となった。学生の要求の背後には、人間性の根源に基づく切実な衝動が見いだされるのはこのためである。

批判はともかくとして、このような、ゆがんだ学生運動を正道にかえさせる対策はどこにあるのだろうか。おそらく、この課題への回答は残された二十世紀の後半におけるもっともむずかしいものの一つではあるまいか。解決の糸口につながると考えられることは、良識ある学生の持つ関心と才能を、大学の経営、管理に反映させる方法を講じることである。過日、韓国のソウルで三日間の会議の幕を閉じた第二回国際大学総長会議は「学生の要求に耳を傾けるように」との決議を採択したのは、その兆候である。また、米コーネル大学のパーキンス総長は、プリンストン大学での招待講義で「学生の大学機構への参加は、混乱をもたらすものではなく、逆に学生を安定させ、大学の活動に調和させるような方向に導ける」と力説したことも意義深いといえよう。一般学生の関心を高めつつ時代に即した管理方式を、大学人の知恵を集めて工夫する時がきたようである。学生運動が支配する大学では、半面、一般学生の無関心と傍観がある。活動家学生と無関心学生の両極分化は、学園紛争の主導権を一部学生に握られ、紛争の激化を招いてきた。東大も例外ではない。だが、もはや一般学生の無関心は許されない。大学の危機を回避し、新しい大学を創造するため、一般学生の積極的発言と行動も望まれよう。

河北新報　昭和四十三（一九六八）年九月十六日

意義ある平和運動を

ことしも原爆記念日が近づいた。あの悲惨な原爆投下があってから今年は二十三年目、いまだに三十万人もの被爆者が、恐ろしい原爆病と闘っている。これらの被害者に対し、強力な援護法の制定を急ぐべきである。世界の人類の平和への願いもむなしく、ベトナムではいまだに悲惨な戦争が繰り返され、多くの死傷者が出ている。

また、核軍縮の期待を裏切ってフランスは水爆実験を行っている。中国もまたしかり。世界の情勢は、全く楽観を許さない。こうした国際情勢の中で唯一の被爆国として、わが国は原水爆の残酷と悲惨さを全世界に強く訴えなければならない。それなのに今年もまた分裂した原水禁大会が行われる。憎しみをまる出しにした感情的対立や、党利党略だけの大会。お祭り騒ぎだけで終わる大会。これでは全くその意義がない。世界平和の実現と、軍事目的の核の全面禁止のための真の国民運動こそ必要である。被爆者や国民を忘れ、平和運動に名を借りての自己の勢力拡張のためや、一部の政治家と社会運動家によってゆがめられた平和運動であってはならない。被爆者に血の通った温かい援護の手をさしのべるとともに理想的な国をあげての統一した意義ある平和運動を繰り広げ、強く世界中に訴えなければならない。

岩手日報　昭和四十三（一九六八）年八月二日

地震対策万全期せ

こんどの十勝沖地震は規模からみれば三十九年六月の新潟地震を上回るマグニチュード七・八という大規模なもので、天正十二年九月の関東大震災にほぼ近いといわれている。関東地方の大地震が六十九年目ごとに起こっているという周期説が正しいかどうかは別としても、日本列島は地球上で最も地殻の不安定な環太平洋地震帯の上にある。その周辺だけで全世界の地震エネルギー放出量と活火山の約一〇パーセントを占めている。

ともすれば忘れがちな大地震への心構えと対策を、為政者は為政者なりに、国民は国民なりに、考え、整備することが大震災の犠牲を軽減する道である。人命を救うということがなおざりにされてよいわけではない。都市建築の不燃化を進め、積極的にあき地、公園、広場などをつくっていくなど、これからの都市づくりと都市再開発に当たって、地震災害への配慮を重視してもらいたい。

岩手日報　昭和四十三（一九六八）年五月十九日

〝安全の技術〟開発を急げ

科学技術政策は、現在、大きな転換期にあるといわれている。これまでの科学技術は、めざましい経済成長を達成したが、同時に、環境破壊や都市問題、交通問題など多くの社会的なひずみを生み出し、その進め方は深い反省を迫られている。このような科学技術の進展に伴う社会的なひずみを防止するために、都市開発、交通輸送、防災技術など、いわゆる社会開発技術の開発は、今後の科学技術政策に欠かせないものだが、特に公害や災害防止という〝安全の技術〟の開発は、緊急の国民的課題として取り上げなければならない。

安全の技術開発には二つの側面が考えられる。一つは公害の発生源の改善や廃棄物処理などで、これまでおざなりにされていた分野であるが、この技術開発は国と産業界が協力して急がなければならない。もう一つは安全基準の研究開発である。安全基準は、いわば科学技術乱用の歯どめであるが、食品添加物、農薬の許容量や貴金属の排出の影響などについて、まだ十分に解明されているとはいえない。これらの安全の技術の開発は、各国が必要に迫られている分野であり、国際的な分担、協力によって促進すべきである。わが国の科学技術政策は、これまで各省庁の行政目的に応じて進められてきた。現代の科学技術は多くの分野に関連しており、科学技術政策の検討は、各省庁のワクを越えて総合的に行い、また〝技術社会での生きがい〟が問題とされるように社会への影響も複雑であり、自然、人文科学の多角的協力の下に進めなければならない。そして、科学技術が明確な目標をもつことと、それを達成する強力な政策が確立されることが必要である。

河北新報　昭和四十五（一九七〇）年十二月二十九日

国連大学の建設

昨年十二月十一日の国連総会本会議で、国連大学建設を進めるため決議案が賛成多数で採択された。世界の学問、文化の中心としての国連大学を創立しようとする動きが国際連合で具体化したことは、きわめて注目に値する。

国境を越えた「世界大学」を設立し、世界の平和と人類の進歩に貢献できる人材をつくろうという構想は、すでに第一次大戦後、多くの人々によって提唱されていた。一昨年の九月、ウ・タント国連事務総長が第二十四回国連総会に対する「国連の活動年次報告・序文」で次のように国連大学の設立を提唱したことから具体化した。

「私は真に国際的性格を持ち、平和と進歩という国連憲章の目的にささげられた国連大学の設立を考えるべき時期が来ていると思う。多くの国から派遣された教授スタッフ、そして学生はいろいろな国や文化の中で育った男女となろう。世界の各地から集まった学生は、国際的な雰囲気の中で、ともに学び、生活することによって、お互いの理解をさらに深めることができよう」

一方、日本政府は早くから国連大学の設立に関心をもち、ウ・タント事務総長の提唱と時を同じくして、パリのユネスコ執行委員会で「国際的な高等教育機関」の設置を国際教育年（一九七〇年）の記念事業として検討すべき旨の提案を行っている。また国連が設立する国連大学を日本に誘致しようとする動きもある。最近では社会党が、いち早く誘致構想案を発表し、衆参両院で同党の議員が国連大学の誘致を熱心に説き、佐藤首相、坂田道太文相もこれに積極的に取り組む姿勢をみせたことは承知のとおりである。そして、昨年四月、佐藤首相は万国博に出席のため来日したウ・タント国連事務総長に対し「国連大学」を日本に誘致する意思のあることを伝えたといわれている。

理想としては「国連大学」は世界の数地域に設置されることが望ましい。しかし、大学の設立と運営に巨額の資金が必要となることを思うと、最初はどこか一カ所に設置することが効果的であろう。財政的な理由だけでなく、設立される大学が高度の学問的水準を確保するためにも分散は好ましくない。できることならば「国連大学」の招致を心から希望してやまない。

その理由として、第一は、わが国が「国際平和を誠実に希求する」ことを憲法に明記し、国連中心の平和外交を基本方針にしている。

第二は、わが国は歴史的にも地理的にも東西文化の接点として、独自の文化を形成、発展させてきた。東西文化の融合、調和による人類社会の創造が「国連大学」の使命の一つとすればなおさらのことである。

第三は「国連大学」の機能を下からささえる学術研究の水準の高さと、教育環境、国民の向学心が備わっていることである。

第四は「国連大学」という新しい構想の大学が、日本の大学改革に好ましい刺激を与え「国連大学」が追求する学術の国際協力は既存の大学にも学問的刺激を与え、学問の進歩を促すにちがいない。そして、これまで諸外国から文化の恩恵を受ける一方であったわが国が、今後、諸外国に奉仕する立場にまわることなどを考えると、「国連大学」誘致の必然性を強く感じさせられる。

いずれにせよ、「国連大学」の建設にあたっては、長期的な展望に立って、中国をも含めた全人類の問題に取り組む姿勢を確立し、国連、ユネスコなどの国際機構を強化することが重要である。

岩手日報　昭和四十六（一九七一）年三月二十六日

国連人間環境会議の意義

「かけがえのない地球」というスローガンのもとに、六月五日から二週間にわたって、スウェーデンの首都ストックホルムで「国連人間環境会議」が開かれる。この会議では、海洋、土壌、大気の汚染防止といった公害問題ばかりではなく、野生動物の保護から人口の過密、過疎、住宅にいたるまで、およそ私たちを取り巻く環境のあらゆる分野にわたって討議されるという。

開発優先がもたらした地球的規模での環境破壊が激化しつつある今日、この深刻な事態から私たち人類のかけがえのない地球を、国際協力によって守るという、きわめて意義深い国際会議であるといえよう。この会議には、国連加盟百三十カ国以上の国々と、各種国際団体から約千数百人の代表が参加し、中国もオブザーバーとして出席するといわれ、世界的規模での一大国際会議である。

海洋汚染や自然保護についてかなりの数の条約案、勧告、決議が採択される見通しであるが、特に注目されるのは、「人間環境宣言」の採択が予定されていることである。一九四八年の「世界人権宣言」は世界の人権問題の改善に大きく寄与したが、ストックホルム人間環境宣言も、今後の各国の環境政策のあり方や、国際協力についての考え方に多大の影響を与える歴史的宣言になることが期待される。

一方、先進工業国と開発途上国との間には、環境問題に対する考え方について重大な相違があるといわれている。先進諸国は、人間が微妙な自然の生態系のバランスに依存していることを忘れ、経済開発優先に没頭してきた。その結果、地域的公害の激化はもとより、地球的規模での環境破壊を招いたのである。六〇年代末ごろから開発優先主義が反省され、国際協力で、地球を守ろうという機運が生まれてきた背景はそこにあると思う。

ところが、人類の過半数以上が住む開発途上国では、多くの国が人口爆発、失業、病気で悩んでいるという。その根本的原因は、工業の未発達による貧困にある。開発途上国にとっては、貧困こそ最大の環境問題にほかならない。だから貧困から脱却するには、工業化の促進以外にない。われわれの地域には、まだ十分な自然の浄化力があるからまず開発優先だ、というのが開発途上国の大部分に共通する考え方ではないだろうか。

この両者の考え方には、たしかに一理がある。それをどう調整するか。おそらく人間環境宣言では、両者の主張を併記することで妥協がはかられよう。しかし、それだけでは問題の真の解決にはならないであろう。これこそ今後各民族国家はもちろん、国連に課せられた長期的課題であろう。最後に今度の国連環境会議は、日本にとってどんな意義をもつものであろうか。

端的には、環境問題について広い国際的視野が求められるということだ。島国に住むわれわれは、国内問題としての公害については強い関心をもちながらも、国際的な環境保護の重要性については、十分に理解しているとはいえない。地球的規模での環境保護への国際協力において、日本は具体的にどのような役割を果たすべきか。

このことについて、ストロング同会議事務局長は、昨年日本での講演の中で「公害防止技術の開発、国際取り決めへの積極的参加、開発途上国の産業開発に対する責任ある協力、海上汚染防止への協力、環境問題専門家の養成計画への援助、開発の質的な面と量的な面の調整について模範を示すこと」が日本への期待であると述べている。

いずれも当然のことだが、一番重要なことは、われわれが日ごろ悩んでいるあらゆる種類の公害や環境破壊に、国、地方、住民、企業が一層真剣に取り組み、一日も早く望ましい環境を取り戻すことであろう。このほど発表された「環境白書」は病める〝公害過密列島〟の実態を浮き彫りにしている。国民一人ひとりの日常生活の中にまで忍び込む環境汚染の数々、進行する過密化は人々の健康や生命を守るためにもゆゆしい問題だとも白書は指摘している。われわれも地球存亡の危機に直面していることに目を向けよう。

岩手日報　昭和四十七（一九七二）年六月一日

ためらわずに〝ありがとう〟

さる十一日付本欄の善意運動の記事を読んで、最近になくほのぼのとした気持ちをおぼえた。私はこの運動の一環として、私たちは、誰もがもっと、いつでも、どこでもためらわずに「はい」「どうぞ」「すみません」「ありがとう」の四つの言葉を常に心がけたいと思う。

とくに「ありがとう」の一言は、最近のすさんだ世相をどれだけやわらげてくれることだろう。それも単なるあいさつではなく、ありがとうの精神を養えば、家庭はもちろん労使間の不和もおのずからとけ、痛ましい交通事故もかなり防げるのではないかと思う。欧米の社会慣習のマネをしただけであるといえばそれまでかもしれないが〝ありがとう〟〝すみません〟の一言が、人間関係、社会生活をなめらかにしていく、潤滑油として大きな役割を持つことは確かだ。

私たちがお互いの生活を通じて素朴に感謝し合う気持ちを取り戻し、少しでも明るく住みよい社会をつくっていくために、ぜひとも〝ありがとう〟の精神を一日も早く身につけ、明るい健康な笑いに満ちた毎日を送りたいものである。

河北新報　昭和四十八（一九七三）年三月二十五日

良書選び母親の責任　親子読書運動にひと言

現代っ子は、本を読まないということを耳にする。勉強だ、宿題だ、塾に行け、とせきたてられ、余った時間があればテレビやマンガ本を見ている。そして、本を読まない責任をテレビとマンガにかぶせている議論も多い。

しかし、子供たちをテレビから遠ざけ、マンガ本を取り上げるだけで本を読みはじめるだろうか。答えはどうも否定的である。子供たちに読書の楽しさを教え、読書によって導かれる広い世界の存在を覚えさせるためには、家庭の中に読書を楽しむ雰囲気をつくる必要があるのではないか。

その雰囲気づくりの主人公は、母親であるはずである。まだ字が読めない幼児の時から、子供は母親に絵本を読んでくれとせがむ。それは、母親の愛を確かめたい欲求もあるだろうが、絵本の中に展開する物語を楽しみ、未知の世界を知ろうとする知的な関心が育っているからなのである。

母が子に、祖母が孫に物語を聞かせる習慣は、絵本のない遠い昔から家庭の中に生き続けてきたことであった。その物語によって子供たちは情緒を豊かにし、大人の世界の約束ごとを理解することができたのである。

こうした「物語の世界」をテレビが奪った。子供がむずかればテレビの前に連れていき、テレビに子供の子守をさせる母親も多くなったことも耳にする。おおげさにいえば母と子の断絶の原因もこの辺にあるかもしれないのである。

母と子が一緒に読書することは、昔の習慣の復活を意味するだけではない。それは子供に豊かな心、優しい心を育てる手段にもなるし、また母親が子供の心の成長を知るようすがにもなるのである。

しかし、これは根気のいる仕事である。また本屋にはんらんしているおびただしい数の本の中から、良書を選ぶことも一人の母親の重要な仕事である。そして、すでに提唱されている親子読書運動なるものを一層盛り上げたいものと思う。

河北新報　昭和五十一（一九七六）年四月二十六日

安全の基礎研究急げ　不明な化学物質の影響

科学技術の進歩は物質的な豊かさをもたらす半面、環境破壊、都市問題、人間疎外など多くのひずみを生み出している。

このため、技術の適用に際して、事前にその影響を予測し、マイナスを防ぐテクノロジー・アセスメント（技術事前評価）が、ますます重要視されてきたが、最近、内外でようやく試験的な段階から実施の段階に進んだといわれている。

アメリカでは、すでにテクノロジー・アセスメント法が成立し、その効果も次第に明らかになってきて、西欧諸国やＯＥＣＤなど国際機関での関心も高まっているとも聞いている。わが国でも、数年前から、通産省、科学技術庁が手法開発に着手し、化学品安全法の成立は、その一つの具体的なケースとして注目される。

これまで、科学技術の適用の基準は、技術的可能性と経済性であったが、今後はその〝社会性〟を重視すべきである。化学工業の進歩で、大量の化学物質が生産され、また年々おびただしい数の新製品が開発されているが、それによる人体、環境への影響は深刻なものがある。

母乳中にも見られるＢＨＣや、地球規模のＤＤＴ、ＰＣＢ汚染、あるいは、ヒ素入り粉乳、メチル水銀中毒、カドミウム中毒、缶ジュースの貴金属など汚染の事例はあまりにも多い。化学品安全法は、化学品の安全性に関して事前に試験を行い、環境を汚染し人々の健康に障害を生ずる恐れのあるものは製造、販売、使用を規制しようというもので、テクノロジー・アセスメントの具体化として評価できる。

次に、安全評価のための研究開発を急ぐことである。化学物質などの人体への影響の実態は不明のものが多い。例えば、何種類かの医薬品や食品添加物の体内での相互作用は、ほとんど判明していないといわれているだけに、新しい物質が次々に開発されていることを考えれば、安全性をできるだけ確実に評価するために、基礎研究を十分に進めるべきと考える。

河北新報　昭和五十一（一九七六）年五月二十四日

社会的親孝行は若者の背に

「敬老の日」は、ただの休日ではない。国民が老人の福祉について関心と理解を深め、老人が生きる喜びを感ずるような施策を講じ、老人もまたそれにこたえるような姿勢をもって対処することこそ、真にこの日を意義あらしめるものである。

老人福祉法第二条に「老人は、多年にわたり社会の進展に寄与してきた者として敬愛され、かつ、健全で安らかな生活を保障されるものとする」とある。しかし、現実は必ずしもこの字句通りではない。これからの日本は急速に高齢化社会に突入していく。

老人が増えれば増えるほど、若者たちの負担は厳しくなっていくのである。それは、私的扶養では到底増大する老人層を養ってはいけないからだ。今の若者は、これから順送りで社会的親孝行をする時代に入っていくのだ。そういう人生の流れの中で、改めて老人問題をとらえ直さなくてはならないと思う。

河北新報　昭和五十一（一九七六）年九月十五日

ルールを守り、心にはゆとり

最近の世の中から信頼感が急速に消え去ろうとしている。信頼することが難しくなってきているのは、世界的な傾向ともいわれている。

日本を含めて世界十一カ国の青年たちの七〇パーセントから八〇パーセントは「現代社会は人間の信頼より、規則や法律に縛られている社会だ」と考えている（世界青年意識調査）。また「金さえあればなんでもできる物質万能の社会になっている」と考えるものは八〇パーセントから九〇パーセントに達しているのである。

「豊かな社会」によって、不平等はなくなるといわれてきた。物質的には豊かにはなったかもしれない。金さえあれば物はなんでも買えるようになった。しかし、決して平等を意味するものではないことがわかった。物だけでは満足できない。「豊かな社会」は、かえって飢餓感と不平等感を植えつけたとも考えられる。

そのうえ「豊かな社会」は、生産力が無限に拡大する社会と考えられていたが、環境破壊、エネルギー危機という事態に直面した。われわれが追い求めてきたものはいったい何であったのか。深刻な反省が問われているようにも思う。このような物質万能の考えからいち早く転換することが迫られているといっても過言ではない。

「生は他者への生であり、他者との交わりにおいてのみ成立する」――哲学者波多野精一博士の有名な言葉であるが、この原点に立ち戻ってみることから出発したい。敗戦後の飢餓のさなかでは「乏しきを分かち合う」心が強調された。今は「他人を信ずる」心のゆとりを持つことではないか。

地域社会の人たち、消費者がお互いに信頼を取り戻し、団結することが、世の中を動かす大きな力となると期待したい。便乗企業が慢性的に供給不足の状態をつくることで、いとも簡単に値上げを図るなどをなくし、一人ひとりが冷静な判断力を持ち、社会のルールを守って、お互いの信頼を取り戻すことに全力を尽くす責任を持ちたいものと思う。

河北新報　昭和五十一（一九七六）年六月二十七日

〝生き方〟を本に求め

私は職場で社会教育の仕事を担当して、あっという間に一年が過ぎてしまった。社会教育担当者が自ら学ぶ姿勢が大切であり、社会教育の最終的ねらいは、人々の心を育て、心豊かな地域づくりにあるのであろう。このことを願いながら今年は、社会教育の勉強を深めながら、同時に、自分自身の生き方を見つめ読書、特に主として「南原繁著作集」全十巻を読み直すことにしてみたい。二十年ほど前から故南原繁先生の著書との出合いから南原先生の人格と思想になぜか心が引かれていた。昨年、三年前からの念願であった南原先生の高弟丸山眞男先生に、日本思想史研究で多忙な毎日を送っておられる中を三泊四日の日程で東山においでいただいた。私たちは有意義な交わりができ、改めて南原先生の偉大な教育者、平和主義であったことを学ぶことができた。「日本にも本当のコミュニティー、単なる地域団体や職場団体でない、精神の共同体が生きつづけていることを目のあたりに見たことは、荒涼とした現代日本の光景の只中に住んでいるだけに、私にとって身も心も洗われる思いでした」。当地を訪れての丸山先生からの手紙の一節である。「人生は非常に短い。しかもその中の時間は余りにも少ない。われわれはつまらない本を読むことによってその貴重な一時間を浪費すべきではない」（J・ラスキン）。この名文句にも引かれて、特に読書の範囲をしぼってやってみたい。

岩手日日新聞　昭和五十三（一九七八）年一月一日

精神と頭脳の健全な成長発達を

読書の楽しみを知らない子供は本を読む子供に比べてつまらない、損な人生を送っていることになると説く学者もいる。読書の習慣がついた子供は、学力も向上するし、非行も減る。無条件に楽しいうえに、間接的ながら経験が拡大するのだから、読書の世界ほどすばらしいものはない。私は、読みたい本良い本があれば、今すぐ読まなくとも買って座右に置くようにして読書欲を高めるようにしている。

詩人のホイットマンは、詩集『草の葉』の中で「書物は人だ」といっているが、大切なことばだと思う。私も本の出合いから人との出合いまでに発展し、著者の人間性が、今の生き方に大きな影響を与えてくれた何人かがおり、その人と今でも長い交わりを続けていることを感謝している。若いうちにたくさんの本を読むことが大切であり、良い本にめぐり合っての感動こそ、何ものにも換え難いものがある。良書、悪書の選択基準は、一人ひとりが数多く本に接することでつくりあげていくほかない。

「テレビを消して親子で読書を」を合言葉に運動を推進しているところもあるが、テレビが暮らしの一部になっている現在、親として子供のテレビを見る時間と読書時間とのバランスをとってやり、精神と頭脳の健全な成長発達をさせたいものである。

教育ひがしやま　昭和五十六（一九八一）年六月十五日

ユネスコ全国大会の意義

第三十七回日本ユネスコ運動全国大会が二十九日から三日間、「考えよう、実践しよう、平和の確立を、国際社会の一員として」の大会スローガンのもとに、盛岡市の県民会館を主会場に開催される。

第二次世界大戦後三十六年を経た今日、世界は新たな危機の時代を迎えようとしている。世界の各地では、局地戦争や紛争が絶えず、アフリカ・インドシナに代表される大量の難民発生やアフリカでの大規模な飢餓、そして人類を二十回も絶滅させ得る核兵器の脅威が地球全体を覆い、人類の生存に暗い影を落としている。

昨今、防衛論議が盛んになり、平和と繁栄の享受の中で改めて平和のあり方が問われ、また今年は国際障害者年である。世界中で障害をもちながら、困難に立ち向かっている人たちとの連帯をどう図っていくのか、世界の平和と人類の共通の福祉実現を目的とするユネスコ運動が真の平和確立のために今何をなすべきか、その具体的実践を模索することが大事である。これらが大会の趣旨である。

岩手県では四十四年に「心の中に平和のとりでを」の大会スローガンで第二十五回大会を開催しており、今回は二回目。ユネスコ（国連教育科学文化機構）は教育、科学および文化を通じて諸国民の間の協力を促し、平和と安全に貢献する機関である。国際理解と国際協力を推進するために、日本では政府にユネスコ国内委員会が設けられているほか、民間活動も活発で、その連合体として日本ユネスコ協会連盟が組織されている。

本県では県ユネスコ協力連盟のもと二十一市町村に単協があり、会員数も約千五百人近くにのぼり、全国一の組織率を誇っている。大会趣旨にもあるように、人類は今日、人口増加、資源枯渇、経済危機、軍拡競争、武力衝突などさまざまな危機に直面しており、本大会は前回にも増して意義のある大会といえよう。

地球は現在の四十五億人が今世紀末には六十三億人、二十一世紀半ばには百億から百二十億人に急膨張すると予測され、人口爆発は第三世界で著しく、南北の所得格差は将来ますます開くとみられている。この危機を乗り越え、調和のとれた世界を生み出す方策はないものかを模索するきわめて重要な大会である。

本年はユネスコが発足してから三十五周年を迎え、またわが国がユネスコに加盟してから三十年目に当たる。その間、ユネスコ加盟国は発足当初の二十七カ国から百五十五カ国に増加し、その活動も全世界に広がりをみせ、特に教育、科学、文化、コミュニケーションの諸事業を通じて、諸国民間の相互理解と国際協力の増進に貢献してきた。

一方、わが国はユネスコの通常予算の約一割を拠出しており、米ソに次いで第三位の大口拠出国となっている。ユネスコが実施している諸事業に対しても、これまで積極的に協力、参加してきており、加盟各国、特にアジア・太平洋地域諸国のわが国に対する期待は一段と高まっている。また、わが国の民間レベルでのユネスコ活動も世界的に高い評価を受けている。

先ごろパリで各国の民間ユネスコ活動関係者による世界大会が開催され、わが国ユネスコ関係者の長年の念願であった「世界ユネスコ協会クラブ連盟」が発足し、初代会長に日本ユネスコ協会連盟会長の数納清氏が選出されたことは喜ばしい限りである。今日の国際社会は資源、エネルギー、人口、食糧、環境問題など人類の生存にかかわる深刻な諸問題が山積している。

これらの諸問題に対処するには、教育、科学、文化面での国際協力を一層強化していく必要があり、国際協力の諸活動を広く国民の間に定着、発展させていくためには今こそ、国際理解、国際協力に対する国民一人ひとりの認識を高め、啓発を図ることが重要である。意義のある本大会を、ユネスコ関係者はもちろん多くの温かい支えによって、物心両面から総力を挙げて、実り多い大会としたいものである。

岩手日報　昭和五十六（一九八一）年十月二十一日

「シュワイツァー記念講演とコンサートの夕べ」に参加して――於仙台北教会――

去る十月二日午後四時から、日本キリスト教団仙台北教会において、「シュワイツァー記念講演とコンサートの夕べ」が開催されました。記念講演は、「バッハとシュワイツァーの信仰の系譜」と題して、野村先生、オルガン奏者は上野学園大学助教授の広野嗣雄先生で、曲目は、バッハの「前奏曲とフーガ変ホ長調」、同「高きにいます神に栄光あれ」ほかを独奏されました。共に感銘深く拝聴しました。

日本でもこの十年来、バッハ愛好者が目立って多くなってきており、バッハ評価の声は、年々高くなってきているといわれ、カンタータ全作品を収めたレコード全集が発売され、バッハに関する評論や研究を集めた十巻の叢書が刊行され、パイプオルガンの普及やすぐれた音楽家の来日によって、生の演奏会にも近づきやすくなり、日本各地に生まれた宗教合唱団によってバッハの宗教音楽が、直接地方都市で開かれるようになったことは幸いなことです。

当日会場となった仙台北教会の礼拝堂は、シュワイツァー、バッハ愛好者が大勢参加し満席となりました。私は野村先生の講演と広野先生の独奏を聴いて、「彼にとって音楽は礼拝である。バッハの芸術精神と人格は彼の敬けんさを基底としている。およそ彼が理解されうるかぎりは、この点から理解されるのである。芸術は彼にとって宗教であった……あらゆる偉大な芸術は、世俗的な芸術も、彼にとってはそれ自体として宗教的なものであった。彼にとって、楽の音は虚空に消え去るのではなく、言いがたい讃美として、神のもとに昇っていくのである」（シュワイツァー）を思いおこしました。そして、信仰者バッハ、シュワイツァーの生涯そのものからキリスト者の生き方を学び直す機会になりましたことを感謝します。

野村先生の講演にも出てきましたが、残念なことは、現代、シュワイツァーの名前が若い人たちから忘れ去られようとしていることです。混迷する社会で、ますますシュワイツァー精神が重要視されなければなりません。このような時に東北地方で、シュワイツァー記念講演会とコンサートの夕べを、かくも豊かに、神様がお祝いしてくださいましたことを心から感謝申し上げたいと思います。私たちがこの時代にあってなしうる一つの課題は、シュワイツァー精神の継承であり、信仰をもって日本の社会の平和と人権のために社会革新に取り組むことであります。つまり価値観の希薄化が拡がりつつある社会の中で、生きていることの意味を見出すことであります。このことは、今ほど切実に求められている時はないでありましょう。実に根気のいる時間のかかるいとなみでありますが、地味な努力と目にみえない精神の世界における変革であると思います。

ランバレネ　シュワイツァー日本友の会会報　昭和五十八（一九八三）年十二月十四日

平成元（一九八九）年～平成三十（二〇一八）年

環境問題、掘り下げて

五月十四日付朝刊「温暖化の被害深刻」は、地球の温暖化が洪水や渇水、暴風雨などの自然災害や食糧不足をもたらし、居住地を放棄せざるを得なくなる数千万人もの環境難民を生むなど、その深刻な被害を警告したものである。「気候変動に関する政府間パネル」の「人間居住などへの影響」報告書の内容が一面に大きく報じられ、衝撃を受けた読者も多いだろう。

地球が暖かくなっている兆候は、もう随所に現れている。温暖化による海面上昇や穀倉地帯の干ばつなど、世界中の被害は計り知れない。二十一世紀に向けて、人類は試練を迎えようとしている。

二日付朝刊の「地球温暖化　伝染病大流行の恐れ」でも、炭酸ガスなどの増加に伴う地球温暖化の影響を取りあげた。マラリアなど伝染病の大流行をもたらし、発展途上国を中心に世界人口の半数近くが伝染病にかかる恐れがある、とする世界保健機構（ＷＨＯ）の報告書を報じていた。

十八日に発表された『環境白書』は、地球温暖化対策の立場からエネルギー問題に初めて本格的な検討を加えた。「世界に貢献する日本」という基本理念を地球環境の分野でも、より具体化し、改めて対応策を示した。本紙も温暖化対策に焦点を当てた地球環境問題シリーズを企画してほしい。

九日付朝刊「がん死亡率低い二戸地方で健康調査」の記事を読んだ。二戸地方は胃、肺がん死亡率が全国平均よりかなり低いことからＷＨＯが昨年、二戸を含む全国五カ所に着目し、日本に専門家を派遣して調査しているという記事である。がんを予防し健康を守るうえで、きわめて重要な調査であり、追跡報道を望みたい。

十一日付夕刊「寝たきり老人ゼロを目指して、広島県御調町に見る」も関心のある記事であった。西暦二〇〇〇年には百万人に達するといわれている「寝たきり老人」は高齢者だけでなく、介護に当たる家族らに負担が大きくなるなど深刻な問題である。ボケ対策を真剣に考えたい。

世界三大長寿地帯のソ連のコーカサス、パキスタン北部のフンザ、南米エクアドルのビルカバンバは寝たきり老人やがん患者も少ないという。共通の秘けつとして▽良い食事をとっていること▽働き続けること▽精神的にリラックスすること――の三つがあげられている。ＮＨＫテレビの特集番組「ジャパニーズフード・アズ・ナンバー1」（九日）は和食の良さ、現代の食生活の問題をテーマに、鋭角的な取材で充実した内容で、反響も大きかった。

伝統的な日本食が、健康にも大変よく世界各国から注目されている。そんな中で、私たち日本人がそれを失いつつあるのは残念なことである。健康を保持する食生活の大切さを考えて岩手の伝統食や、健康問題をもっと紙面で多く扱ってほしい。

岩手日報　平成二（一九九〇）年五月二十八日

ごみ問題で啓発期待

八月五日付朝刊に、日本人の平均寿命は女が八一・七七歳、男が七五・九一歳と、共に二年ぶりに過去最高を記録したことが報道された。これまで最高の昭和六十二年と比べ女〇・三八歳、男〇・三〇歳とそれぞれ延びており、世界的にみても女が五年連続、男も四年連続でトップを維持した。長寿国世界一を更新したことは喜ばしいことである。

一方、八月十一日付朝刊の厚生省の「平成元年国民生活調査発表」によると、独房老人や老夫婦家庭などお年寄り中心の「高齢者世帯」が、日本の全世帯中一〇・五パーセントと、初めて一〇パーセントを超えたことが明らかになり、健康について「どこかおかしい」と自覚症状を訴える「有訴者」も全体のほぼ三人に一人に上った。急速に進む高齢化社会、不安が拡大する健康問題と〝病める日本〟の実態がくっきりと浮かび上がった。

近年の医学の進歩はめざましく、人類の未来はバラ色のようにみえるが、実際には、私たちの周りには、いろいろな病気があふれ、病人は年々増え、国民の総医療費は上昇するばかりである。世界一の長寿国といわれながら、半面、がん、心臓病など、成人病による死亡者が増え、欧米型の疾病構造に近づく兆候を示している。また、これら成人病が若者を冒し始めているとも聞く。

八月一日付夕刊の特派員報告「食は香港にあり」は、中国料理のメッカ、香港で今、健康を追求するため日本食ブームが起きているという。香港の上流社会では、日本の伝統食を愛好する人がますます増えているという記事は役立った。今後も世界の食文化の動向を報じてほしい。

七月十八日付の論説「資源ごみと自己責任」、八月七日付の論説「ごみのない観光地に」の論説は、ごみ問題を考えるうえで重要な指摘である。物の豊かさは進んでも、真の豊かさはなく、最近ではむしろ自然や環境が悪くなっていると、よく耳にする。特に環境問題が十年前と比べて悪くなったと思う人が五〇パーセントを超しており、こうした中で、ごみ問題に関心を持つ人も多い。ごみを出す時に燃えるごみと燃えないゴミに分別するのは、日常生活のルールになっているが、それらが守られていないという話をよく聞く。ごみの減量、資源化に取り組む住民運動を活発にするうえからも、ごみ、環境世論調査を企画し、県民意識の高揚を期待したい。

八月四日の朝刊「登校拒否――四万七千人」の記事によると、登校を拒否する子供の数が、小学校では七千人、中学校では、初めて四万人の大台を超えた。小中学生が、前の年に比べて五十万人近くも減る中での増加傾向で、十年前の二倍ないし三倍という増えようは考えさせられるものがある。八月三日付朝刊に石川憲彦氏（東大病院小児科医師）が「崩壊した登校拒否病気説」を書いており、大切な調査結果に基づいて教えられた。いずれ、体験学習やカウンセリング体制の充実が必要であるといわれている。やはり、学校の先生方の特別の努力に期待をかけたいし、自立への成長を助けるよう大人も見守ってやる必要がある。

岩手日報　平成二（一九九〇）年八月二十日

読書欄の二ページ化望む

「変革の明日への確かな今日の記事」を代表標語に、第四十三回新聞週間が十月十五日から行われ、初日の新聞協会賞授賞式では、編集部門で岩手日報社の連載企画「いわて農業、市場開放に挑む」が受賞した。お祝いを申し上げたい。十月十四日付の論説「変革の時代見詰めて」の中で、新聞の持つ使命と自覚を主張された。岩手日報が創設されて来年は百十五年になるという。読者共通の情報を提供する地方紙の役割は、きわめて大きい。価値観の多様化で、複雑な背景をもつ事件も多く、読者が判断に迷うケースもある。正確さや客観性に裏付けられた真実の報道は、新聞の基本的使命で、勇気を持った主張と深い洞察力を期待する。

十八日付朝刊には、新聞週間にちなんで県民からの報道への要望が載った。「人間の幸福を常に考える姿勢を持ってほしい」との宮沢賢治記念館長の意見に全く同感である。かつて千厩に疎開していた哲学者波多野精一博士の有名な言葉「生は他者への生であり、他者との交わりにおいてのみ成立する」がある。二十一世紀における真の幸せと心豊かさやゆとりなどの問いかけも増えている中で、生の根源を考える企画もほしい。

第四十四回読書週間が「一冊の興奮、一冊の感動」の標語のもとで先月の二十七日から九日まで全国的に繰り広げられた。二十九日付の夕刊の日報論壇で、花泉町立図書館長が「読書すると若くなる」「美しくもなる」と読書の効用と読書への誘いを強調していた。読書の果たす役割はきわめて大きい。本紙が毎週月曜日朝刊に設けている読書欄は楽しみの一つであるが、この欄を二ページに増やしてほしい。

十月二十二日付朝刊の「統計で見る岩手」によると、平成元年度末現在の県内市町村立図書館数は三十二館、市町村数に対する設置率は五二パーセントで全国平均三四パーセントを上回り、第十一位、東北六県ではトップであるという。本県には、英国の大英博物館の図書公開よりも二十年も前に公共図書館を仙台に創設した、世界的先駆者で知られる青柳文蔵（東山町）、稲荷文庫創立者の小保内定身（二戸市）がいることを忘れてはならない。

いま、全国的に生涯学習が叫ばれている中で、心を満たし、人生の指針を探る一冊、感銘を受け、心のよりどころとして忘れえぬ一冊を誰もが持っている。総理府の世論調査資料によると、若年層を中心に活字離れから、少しずつ活字に親しむ人たちが増加しつつあるという。読書の最近事情や優れた本との出合いを大切にするためにも、本紙の読者欄は大切である。

十月二十九日付の論説「魚の消費拡大に望む」は興味をもって読んだ。野菜と魚中心の日本型食生活は栄養のバランスがよく、成人病の予防や健康保持、増進に理想的という研究者の指摘や食生活の健全化を考えるうえでも役立つ。「魚を食べると頭の働きがよくなる」というキャンペーンを水産庁と業界団体で進めることになったという。脳の構成物質であるドコサヘキサエン酸（ＤＨＡ）が、マグロ、ブリなどの水産物だけに多量に含まれているという。こうした啓発的な記事、論説は読者として得るものが多い。

岩手日報　平成二（一九九〇）年十一月十二日

司馬遼太郎から得たもの

国民的作家として知られ、平成八年二月に没した司馬遼太郎さんの人間像と作品世界を紹介した「司馬遼太郎展～十九世紀の青春群像～」がこのほど盛岡市で開催された。約八千人の司馬ファンが会場に足を運び、大好評のうちに終了した。

近代国家誕生前後の難局を見事に描いた『竜馬がゆく』『坂の上の雲』『菜の花の沖』の三作品に焦点を当て、司馬さんの素顔をしのばせる愛用品や写真、直筆の原稿、書、書簡など貴重な関連資料約二百点を展観したものだ。また、会場でのビデオ放映「司馬遼太郎は語る～日本人とは何か～」で、司馬さんのありし日と人柄をしのぶことができた。

司馬遼太郎展は昨年の十月、東京会場を皮切りに、この七月の愛媛会場を最終とする全国八会場で開催するスケールの大きい企画展である。本展特別協力の司馬遼太郎記念財団、関係協力団体等に心から感謝したい。

ところで、戦後日本において最も大きな影響力を持った知識人は誰かと問われて、真っ先に指を屈すべき人物をあげるならば、政治学者の丸山眞男と小説家の司馬遼太郎に異存のある人はいないであろう。丸山さんは平成八年八月に八十二歳で没した。戦後民主主義思想をリードした丸山さんほど、近代国家の理念や近代政治の本質に深い理解を示した方はいないであろう。

今から約二十二年前、昭和五十二年十月、丸山さんは東山町での講演のため、夫妻で同町を三泊四日の日程で訪れた。講演や青年たちとの交わり、格調の高い話は、今でも忘れることができない。丸山さんの大きな功績は、ファシズム批判と分析。民主主義のあり方への一貫した論究、さらに日本の思想と文学の特質への考察にある。

一方、司馬さんは懐の深い歴史感覚によって、転換期における人間の器量を見事に描き出した。また、志と実務能力がバランスよく共存している人物を好んだといわれる。坂本竜馬を先見と行動力の人として発掘したのは、多くの人が認める例であるといえよう。

通常、丸山さんと司馬さんは対立する歴史観を代表すると見なされている。丸山さんが太平洋戦争を明治寡頭制の必然的帰結ととらえたのに対し、司馬さんは明治の日本が持っていた可能性を明るく描いたからである。

そして、丸山、司馬さんに見落とすことのできない共通性もある。それは太平洋戦争を不正な戦争と見なしていることである。官僚的独善性、偏狭なナショナリズム、権威に対する屈従を厳しく排することであった。

その背後には、実証主義的合理精神への信頼があった。それは単なる実証精神ではなく、志に立脚する実証精神ともいわれ、明治時代を明せきにとらえた司馬さんにも、吉田松陰のような思想しか持てなかった維新の悲劇だという言があり、丸山さんの場合は、福沢諭吉の思想を高く評価した。

戦後日本を代表する大知識人ともいわれる丸山さん、司馬さんが亡くなって三年、今、二人の著作がよく売れているという。二人を失った日本は今さびしい。本展で、特に敬愛する司馬遼太郎さんの思索の原点と、丸山、司馬さんの生き様が浮かび上がった。

岩手日報　平成十一（一九九九）年七月六日

瀬戸内さんの「心の道」共鳴

十二年度県勢功労者表彰を受けられた天台寺住職、瀬戸内寂聴さんが「戦後の教育が物質ばかりに心を奪われ、目に見えない神や仏などに対する恐れや畏怖《いふ》を失ってしまったツケが今きている。目覚めていくしかない」と心の道を説いたことに共鳴した。

思えば今から三十六年前の昭和三十九年七月、西洋経済史学者の大塚久雄先生を、東京の豊島区のご自宅に訪ねる機会があった。内村鑑三門下の敬けんなクリスチャンであった大塚先生は「金持ちの肩をもって正義を曲げたり、わいろを取ったりしてはいけません。知恵ある人も、欲に目がくらむと正しい判断ができなくなります。至る所で正義が行われなければなりません」と、『旧約聖書』の申命記を引用して話された。

大切なことは、〝貧乏人〟の時に身に付けた美徳を失わず、「利害得失」だけでなく、「事柄の軽重是非」を判断する知性を磨き「知徳」を発達させることですね、と熱心に説かれていたことを思い出した。

社会的に指導者の立場にある人たちに、警鐘を鳴らしているように思われてならない。

岩手日報　平成十二（二〇〇〇）年六月十七日

沖縄サミット課題解決期待

沖縄サミットが二十一日から始まった。「一層の繁栄」「心の安寧」「世界の安定」をテーマに二十一世紀の諸課題を直視。特に、急速に進む経済、社会のグローバル化と情報技術（IT）の振興を世界の安定成長に生かす方策が重要課題である。

「G8首脳宣言」では、遺伝子組み換え食品の安全性や、環境問題、世界貿易機関（WTO）の次期多角的貿易交渉（新ラウンド）などが取り上げられる。また、史上初の南北首脳会談を受けて、サミット参加国としてこれにどう協力していくことを表明するのかも注目される。

国際社会は「平和軍事力で保障される」とよくいわれる。現に沖縄県民の平和と安全、経済、環境にも大きな影響を与えているのは米軍基地の存在である。アジア太平洋地域全体の安定に寄与していると、日米両政府の見解でもある。二十一世紀は真の世界平和を築く国際社会を目指し、世界経済の運営、地域紛争や国際テロ、環境問題など当面課題を討議され、日本から世界に発信されることを願っている。

岩手日報　平成十二（二〇〇〇）年七月

老後のために健康づくりを

一月三十日の論説「健康日本21」を、関心を持って読み、健康はかけがえのない財産であることを強く感じた。

論説は「望ましい生活習慣がおろそかになると、がん、脳卒中、心臓病、糖尿病など、さまざまな病気の要因ともなる」としたうえで「生活習慣を見つめ直し、健康づくりを考える機会にしたい」とあった。このことを肝に銘じ、これからの生活に取り入れていきたい。

生活が豊かに、便利になるに従って、肥満や運動不足などが原因となる生活習慣病が広がっている。三大死因のがん、心臓病、脳卒中も多くは生活習慣病が関係しているという。日本は世界一の速度で高齢化が進んでいる。寝たきりや痴ほうで介護を必要とする高齢者や長期入院するお年寄りも増えている。医療費や介護費用負担が現役世代に重くのしかかる。日本が世界一の長寿国となって久しいが、老後の「生活の質」が伴わなければ、世界に誇れる長寿国とはいえない。生活習慣病対策は、若い時からの積み重ねが大切であることを学んだ。

岩手日報　平成十三（二〇〇一）年二月九日

感銘を受けた写真家の活動

七日付夕刊の「写真家・白川義員さんに聞く」を、興味を持って読んだ。白川さんはこれまで『旧約・新約聖書の世界』『南極大陸』などの作品集を出版。壮大な計画を基に過酷な条件に挑む写真家として知られる。

このたび「世界百名山」の撮影を終え、作品集の刊行が始まったという。「自然は単なるモノではなく、背後に神、偉大な精神が存在する。今は物質文明におぼれていて、精神革命が起こらないと人類は絶滅する。私の仕事は、そのための手だてを提示することです」と強調する。

今年の正月、NHKテレビで「写真家・白川義員・世界百名山に挑む」が放映された。高度八千メートルの決死の航空撮影、エベレスト東壁の早朝の輝き、世界初のパキスタンの山群、カラコルムK2の偉容、ネパールでは乱気流に巻き込まれ、首と腰の骨を折る大けがをした。また「吐く息が酸素マスクの中で凍って、酸素がこなくなるんです。しょっちゅう意識不明になりました」と、命がけの撮影であったことを克明に伝える画面に感動した。白川さんの理念は「地球再発見による人間性回復」だという。荘厳な言葉にも感銘を受けた。

岩手日報　平成十三（二〇〇一）年

「ぎんさん」の笑顔忘れない

国内最高齢の双子姉妹として人気のあった「きんさん、ぎんさん」の妹蟹江ぎんさんが、老衰のため亡くなった。百八歳だった。家族によると、眠るように静かに息を引き取ったという。

姉妹は一九九一年に、名古屋市から数えで百歳の表彰を受けてから注目を浴びた。CMをはじめ、テレビドラマにも出演した。人気は日本だけにとどまらず、台湾や韓国でのイベントにも招待された。四女の佐野百合子さんは「穏やかな表情でした。みんなにかわいがってもらって、幸せな一生だった」と語る。高齢社会での理想の生き方であった。心からご冥福を祈りたい。

蟹江ぎんさんは九四年八月一日、姉の成田きんさんとともに百二歳の誕生日を東山町で迎えた。人力車で町内をパレードし、町民から盛大な歓迎を受け、猊鼻渓で舟下りを楽しみ、金色、銀色のニシキゴイを放流した。「生かされていることに毎日感謝している」とユーモアいっぱいの話、今でも忘れない。ただ生きるということではなく、よく生きるということを教えられた。ギリシャのプラトンは「年をとることのよさは、苦しまないで死ねることだ」と言っている。

岩手日報　平成十三（二〇〇一）年二月

識字教育への国際支援期待

ネパールの識字教育のため資金援助している盛岡ユネスコ協会は、今月下旬に現地を訪れている。

一九九〇年、国連が「すべての人々が読み書きできる世界を」というスローガンを掲げた「国際識字年」をきっかけに、日本ユネスコ協会連盟が「世界寺子屋運動」という識字支援運動を始めている。

書き損じはがきによる支援金で、未就学の子供や大人が無償で教育を受けられる寺子屋を開くというもので、アジア各地にすでに五千以上の寺子屋教室を開くという成果を挙げている。運動スタート時点では四人に三人（七五パーセント）だった世界の十五歳以上の成人の識字率は、現在五人に四人（八〇パーセント）と着実に伸びている。非識字者数は八億七千五百万人と依然多く、その中でアジアは六億四千万人と七割を占めている。ユネスコが掲げる平和実現には、世界のさまざまな経済的格差や紛争を解決しなければならない。

そのための基本は教育である。子供たちが字も読めない教育の根本的課題を抱える国々が多くある。人類が平和、幸せを共有できる最低限の保障を確保する識字運動が不可欠だ。盛岡ユネスコ協会の視察は、小さな国際貢献、現地民との相互理解に弾みをつけるだろう。

岩手日報　平成十三（二〇〇一）年

医療管理者の在り方論議を

毎日のように医療ミスが報道されている。国民の医療への信頼は根底から大きく揺らいでいる。医師も看護師も人間である以上、ミスは犯す。が、医療従事者は人の命をあずかっているという自覚を一層高めてほしい。

人手不足もミスの大きな要因だ。日本の医療全体に目を向けることが重要である。日本は全人口に対して医師数、看護婦数は先進国だが、平均在院日数が極端に長い結果、患者一人当たりの職員数がきわめて少ないといわれている。また、ミスを犯した若い医師や看護師の責任が問われることが多く、組織のあり方を問わないと事故再発は防げないと聞く。

現行法が医療機関の管理者を医師と定めている以上、医師の責任は重く、広い視野での医学教育、幅広い事故防止策に通じる管理者のあり方にも議論が必要である。全国で一日医療を受ける人の数は、推計で約九百万人ともいわれ、医療の安全確保のためには、医療行政はもちろん、医療に依存しすぎる国民の意識改革も重要である。

岩手日報　平成十三（二〇〇一）年

温暖化対策は世界一丸で

三日の論説「米の京都議定書離脱」を注目して読んだ。「温暖化で地球環境が危機的な今日、最優先すべきは一国の利益よりも、人類の生存基盤の維持・確保である」には、全く同感である。

ブッシュ政権が温暖化防止のための京都議定書を支持しない姿勢、これまでの世界の努力に憂慮すべき事態にあることは残念だ。世界の温暖化対策を後退させてはならない。米国は今後、温暖化にどう対処するのか注目される。

先進国に二酸化炭素（CO_2）など温室効果ガスの排出削減を義務づけた京都議定書が、

各国の経済に影響を与え、議定に代わる国際的枠組みを新たに提示したとしても、議定書以上に最大排出国としての責任を明確にしなければ、各国から受け入れられる可能性はないだろう。日本は、排出削減を厳しく求める欧州連合と米国が対立する中で、米国と協調する路線をとってきた。世界の科学者の集まりである「気候変動に関する政府間パネル」は、このままでは二一〇〇年には地球の平均気温は五・八度上がり、海面は最大八十八センチ上昇すると警告している。途上国は「現在の温暖化の責任は先進国にある」と反論している。温暖化対策は世界全体で取り組むことが重要である。

岩手日報　平成十三（二〇〇一）年四月六日

三波春夫さんの冥福祈る

国民的人気のあった歌手の三波春夫さんが、がんで亡くなった。美声で聞かせた数々の歌が耳に残る。

一九五七年浪曲師から転身してレコードデビュー。この年、「チャンチキおけさ」「船方さんよ」「雪の渡り鳥」などの連続ヒットで瞬く間にトップ歌手となった。その後も「大利根無情」などのヒットを飛ばし、六四年の東京五輪を機に出した「東京五輪音頭」は、百八十万枚を売るという、当時としては記録破りのヒットだった。

「お客さまは神様です」という名ぜりふも忘れられない。三波さんは「何よりも歌が好きで、自分に対しては厳しく、向上心を持ち続けた」と言っていた。一方、九三年には子供番組で「恐竜音頭」を歌い、九六年三月には神戸で震災復興のチャリティーに参加するなど、終始庶民のための歌を忘れなかった。

また、文筆活動でも知られ、『聖徳太子憲法は生きている』『熱血！ 日本偉人伝』などの著書もある。三波さんの歌声を思い出しながら、冥福を祈りたい。

岩手日報　平成十三（二〇〇一）年四月

生きる勇気を与える医療に

安楽死を認める法律がオランダで成立した。安楽死法は、患者の自発的意思、治る見込みがないなどの場合、担当医が第三者の医師の意見を聞く、そして安楽死させた医師の刑事責任は問われないという内容という。

法の成立で患者の「自己決定権」は死の選択にまで及ぶことになった。同国はすでに安楽死を希望する患者と、それに抵抗する医師の攻防が増えており、「より良い死」の制度が確立されるまでには、克服すべき課題が山積しているという。尊厳死の場合は「消極的な安楽死」とも呼ばれるが、両者は根本的に違う。同国は「自宅で苦しまずに死にたいという願いをかなえるため、安楽死させた医師を刑法上免責することで、医師は訴追の不安から救われる。安楽死の届け出が進み、家族や医師が患者の意思確認なしに死亡させる悲劇がなくなる」と説明する。しかし、患者が緩和ケアを理解せず安楽死に飛びつくケースも増えるのではないだろうか。

末期がん患者が、痛み緩和に重点を置くホスピスに移った途端に、生きる勇気を取り戻すこともあると聞く。「緩和医療」も最近進歩している。生きる力を与える医療を、患者と家族、医師が徹底的に理解しあえる環境をつくることも重要である。

岩手日報　平成十三（二〇〇一）年四月二十七日

音楽界に足跡團さん惜しむ

日本を代表する作曲家の團伊玖磨さんが心不全のため、中国・蘇州市で亡くなった。オペラ「夕鶴」や童謡「ぞうさん」、六つの交響曲など、多彩な作品でわが国の作曲界に大きな足跡を残した。愛してやまなかった中国で七十七年の生涯を閉じた。冥福を祈りたい。

トレードマークのパイプを燻《くゆ》らせながら、温厚な笑みをたたえる。いきでおしゃれなたたずまいで、大正ダンディズムを体現したような印象は忘れない。團さんは日本文化協会の代表団団長として、今月十日から十九日までの予定で訪中、北京などで中国音楽や演劇関係者と交流を深めていた。團さんの精力的な創作活動は、交響曲から童謡、行進曲、映画・舞台音楽など幅広く、代表作「夕鶴」は六百回以上も上演されたという。

團さんは、昨年四月に最愛の和子夫人に先立たれた悲しみを乗り越えて、全国規模の催し「DAN　YEAR　二〇〇〇」に臨んだ。今年の三月に、横浜で初演された三十八年ぶりの新作歌曲集「マレー乙女の歌へる」は、大きな反響を呼んだと聞く。その席で「命ある限り作曲を続けたい」と創作への意欲を語った。それにしても、あまりにも突然の旅立ちだった。

岩手日報　平成十三（二〇〇一）年五月

世界の水危機に思う

日本、特に岩手県内ではあまりピンとこないものの、世界的に水不足が深刻化している。水は多すぎても少なすぎても危機に陥る。その水危機が地球上で急速に拡大している。テレビのNHK特集「水の世紀が始まった」で、水をめぐる国際紛争の激化が心配され、大規模農業の将来も危ぶまれる状況にあることを知った。

日本は穀物の輸入超大国だけに無関心ではいられない。

二月十五日付の本紙でも「五十億人が水不足に」の記事は、地球温暖化の影響で世界の水資源不足が悪化、十分な水が得られない人口の数が現在の十七億人から、二〇二五年には約五十億人に増える、という。

人口増加による、かんがい用水や生活用水の不足傾向に温暖化が拍車を掛け、特に中央アジアやアフリカ南部、地中海周辺諸国に大きな影響が出る。

二十一世紀は「水の世紀」ともいわれる。「二十世紀は石油をめぐる戦争だったが、二十一世紀は水が原因で国際紛争が起きる」と、世界銀行のセラゲルディン副総裁が一九九六年に予言を発表、国際的に衝撃を与えた。

温潤な日本は一見、水危機と無縁のようだが、実は多量の食糧輸入を通じて世界の水事情と緊密にかかわっている。

日本の穀物輸入量は、年間約二千八百万トンを超えて世界のトップ。穀物一トンの生産に対して水資源は約千トンを消費すると聞く。

農産物の輸入は現在、米国から歓迎されてはいるものの、近い将来に水不足が世界の共通問題になると、結果的に〝水を買いあさる〟日本への批判に反転しかねない。

水の惑星と呼ばれる地球には、十四億立方キロメートルもの水があるといわれる。その大半は塩分濃度の高い海水で、利用できる降雨や河川、湖沼など淡水はごくわずかである。

九二年の地球環境サミットでは、温暖化と生物多様性問題に重点が置かれ、水資源の論議は中途半端に終わった。このため学術団体や国連専門機関は、九六年に水の政策提案のシンクタンク「世界水会議（ＷＷＣ）」を発足させ、世論喚起に動いた。

昨年三月にオランダで開かれた第二回世界水フォーラムには学者やＮＧＯ（非政府組織）など五千人が参加した。同時に開かれた閣僚級会議では「水の安全保障」が提唱された。

米国も水の安全保障対策に本腰を入れ始めた。水危機解決を話し合う第三回世界水フォーラムは〇三年に日本で開かれる。日本も早急な水対策が必要である。

雨水の利用で国際的に高い評価を受けている東京都墨田区は、昨年、ドイツの国際会議で表彰されたと聞く。同区環境保全課の村瀬誠さん（薬学博士）は、世界各地を巡って気づいたのは「大河川流域で水紛争ぼっ発の芽が随所にある」ことだという。

そこでユニークな標語（英語）を名刺に刷って訴えている。「水戦争のタンク（戦車）より、平和のためのタンク（雨水槽）を」。彼は十九年前から、雨水分析やタンクの技術開発、普及を進めている。

岩手日報　平成十三（二〇〇一）年六月五日

賢治作品紹介清六さん悼む

宮沢賢治の実弟で、宮沢賢治学会イーハトーブセンター顧問の宮沢清六さんが、老衰のため亡くなった。

花巻空襲で生家が燃えた時は、身をていして兄の遺稿を守り、戦後は残された数多くの遺稿を整理復元し、数次に及ぶ宮沢賢治全集を発刊。賢治の生涯と作品を広く世に紹介、賢治研究に大きな足跡を残した。九十七年の生涯に、県内外から惜しむ声が寄せられた。

平成七年の賢治生誕百年記念事業実行委でハーモニカを披露した宮沢清六さんの姿が印象に残っている。清六さんは、特に遺稿と資料を大切に保存し、研究の場に提供した。宮沢賢治記念館の建設にも尽力し、自らも多額の建設資金を寄付したという。

清六さんは大正十年から昭和十七年まで家業の商業を営み、十八年から賢治の遺稿を掘り起こすための著述業に専念。また、花巻ゆかりの詩人高村光太郎の研究も続けられた。文筆活動でも知られ、『兄のトランク』『宮沢賢治の星』などの著書もある。冥福を祈りたい。

岩手日報　平成十三（二〇〇一）年六月十九日

ユネスコ加盟五十周年を思う

日本がユネスコ（国際連合教育科学文化機関、本部はパリ）に加盟して、今年は五十周年の節目の年に当たる。戦後の荒廃の中、国際社会への復帰を果たした日本は今、ユネスコへの最大拠出国である。

識字運動や世界遺産などで知られるユネスコは、二十一世紀に入ってユネスコ憲章の精神が一層重要になろう。

わが国では、戦後間もない一九四七年に世界で初めてユネスコ民間運動団体が仙台に発足した。国連よりも五年早く、五一年七月には、ユネスコ加盟が認められた。

九〇年の国際識字年には、日本ユネスコ協会連盟、名古屋国際センターなどが協力して、発展途上国の学校設立・運営支援の募金を「世界寺子屋運動」として展開、国際読書協会識字賞を受けたことは意義が大きい。

アメリカが八四年、当時のユネスコを「過度な政治化」と批判して脱退したことは非常に残念である。今、社会意識が希薄とされる日本の子供たちが、これから世界にどう目を向けていくことができるのか。半世紀に及ぶ日本ユネスコのかかわりを眺めると、教育に果たすユネスコの役割は重要な意味を持つ。

ユネスコの基本理念は、戦争を防ぐため国民同士の不信感を除くことが重要と、英米の連合国が考えた。教育こそが基本として、教育を中核に国際機関ユネスコが四六年に発足した。

ユネスコ憲章の前文「戦争は人の心で生まれる。人の心の中に平和のとりでを築くこと」の一節は敗戦後の日本国民の胸を打ち、世界でもいち早くユネスコ運動が生まれた。さらに前文に「平和は人類の知的、精神的連帯の上に築かなければならない」とある。人類は第二次世界大戦を防げず、教育こそ各国民同士をつなぐカギととらえ、ユネスコ精神が生まれた。戦後五十年で、世界中で地域戦争や内戦が約百五十も起き、二千万人が死亡したといわれている。第三次大戦こそ起こらなかったが、大勢の人命を失った。

私たちは戦争中の緊張と戦後の荒廃を経験したが、若い人々はユネスコ憲章の精神を高め、世界に目を向けてほしい。私たちの世代が戦後の荒廃期に体験したようなことが、いまだに世界各地で起きている。世界の現実から目をそらしてはならない。

世界には一日一ドル以下で生活する人々が十二億人もいる。一億人の子供たちが就学できず、十五歳以上で読み書きできない人は九億人もいると耳にする。

ユネスコにはグローバル化に取り残された人々に手を差しのべる役割がある。生涯学習、つまり人間は生きている限り、学び続けることの大切さがある。ユネスコが九〇年に「国際識字の十年」を定めて以来、その努力で六億人が識字者になった。

貧困にあえぐ世界の現実に目を開き、改善と向上に努めるとともに、外国と交流するだけではなく、身近な地域も見つめ直す目も求められる。

岩手日報　平成十三（二〇〇一）年七月

勇退長嶋監督新たな活躍を

プロ野球巨人軍の長嶋茂雄監督（六十五）が今季限りで勇退する。後任の監督には原辰徳ヘッドコーチの就任が決まった。

長嶋監督は一九九三年から二度目の指揮を執り、九四年には中日ドラゴンズとの史上初の同率首位チーム同士による最終戦直接対決で復帰後の優勝を飾った。日本シリーズでも宿敵・西武を倒して初の日本一に輝いた。九六年にはセ・リーグ史上最大の一一・五ゲーム差を逆転して優勝。昨季は球団初の「２００本塁打打線」で監督通算五度目のリーグ優勝を遂げた。

攻撃野球を前面に押し出した劇的な戦いぶりで、多くの野球ファンを魅了した。日本の高度成長期の舞台の主役として大活躍。ダイナミックなプレーと、選手、監督時代を通していつも常識の枠を飛び越えて生き抜いた自由人のミスタープロ野球。その足跡はいつも国民を勇気づけてくれた。

突然の辞任会見は、終始笑顔で「野球は人生そのもの」と語り、晴れやかだった。

長年の功績に、各界から勇退を惜しむ声が相次いでいる。今後は巨人の終身名誉監督になるという。日本球界全体のリーダーとして新たな活躍を期待したい。

岩手日報　平成十三（二〇〇一）年九月

世界食糧デーに思う

きょう十六日は、一九九六年の世界食糧サミットの開催から六年目の「世界食糧デー」だ。サミットで採択された二〇一五年までに栄養不足の人口を半減する目標を達成するため、世界では懸命な努力が続けられている。国連食糧農業機関（ＦＡＯ）の報告によると、飢餓の深刻度という指標で、食糧援助が必要な国は二十三カ国を数える。

「世界食糧不安の現状」二〇〇〇年版によると、成人が一人一日の食事から実際に摂取する平均的なエネルギー量と、体重を維持して軽労働を行うための最低必要量とを比較してはじいている。一人一日当たり三百一キロカロリー以上不足している場合、「飢餓の深刻度が高い」地域に分類している。

こうして分類された二十三カ国の中でも特に深刻なのは、四百五十キロカロリー以上も不足しているソマリア、アフガニスタン、ハイチの三カ国である。

これらの国での飢餓の背景には、洪水や干ばつなどの自然災害と、人口増加に食糧生産が追いつかないことと、内戦による経済問題がある。

また、エネルギー資源の確保のために森林伐採で砂漠化が進むなど、土地の荒廃や異常気象も影響していると聞く。

発展途上国では依然として七億九千二百万人が栄養不足に苦しみ、その数は昨年の発表と基本的に変わらない。現状のままでは、栄養不足人口の半減は二〇三〇年ごろまでに、ずれ込む心配もあるという。

米国での中枢同時テロ事件の報復攻撃でアフガニスタンの食糧不足はさらに悪化し、今後数カ月間で約百万人が難民化するとみられ、隣接するパキスタンやイランにも大きな影響を与えることも考えられる。

慢性的な飢えに苦しむ何百万人もの国民を救うには、食糧を供給するだけでは十分と言えない。飢餓の根源にある貧困を取り除くことが重要である。国際機関や各国の援助によって、少しずつ改善が進んでいるものの、環境破壊や内戦など複雑な要因も絡み、飢餓を訴える人々の状況は深刻化している。

貧困、飢餓の解消には今後、世界の食糧安全保障をどう確立するのか、各国の援助資金が伸び悩む中、いかに効率的に資金を配分するかなどが大きな課題である。

二〇一五年までに世界の栄養不足人口の半減を目指して、ＦＡＯは一九九七年から「世界食糧デー」を中心に、各国のマスメディアによる報道を通して、世界の人々が共に地球上の食糧問題を考える場をつくってきた。

世界の飢餓の現状を理解し、地球規模での食糧問題を考え、世界の多くの人々が一層協力できるよう努力したいものだ。

岩手日報　平成十三（二〇〇一）年十月十六日

喫煙率低下へ国の対策期待

日本人のがん死亡者の中で、肺や気管支のがんで亡くなる人が急増している。大きな原因とみられているたばこの喫煙率はあまり減っておらず、若者や女性の喫煙が目立っているという。このままではさらに肺がんが倍増するという予測もある。

五月三十一日は、世界保健機関（ＷＨＯ）による「世界禁煙デー」だった。たばこの害や禁煙について社会全体であらためて考える必要がある。

愛知県がんセンター研究所は「特に発育期にある未成年者の喫煙は、将来、肺がんになる危険が高い」と、若者をたばこから遠ざける方策が必要と説く。

厚生労働省の「健康日本21」では、将来的に未成年者の喫煙率をゼロにするという目標を掲げ、本年度からの新学習指導要領で、中学、高校に加え、小学校でたばこの害が授業で取り上げられている。

喫煙対策を進めた欧米では、すでに肺がんは減少傾向にあると聞く。国が喫煙率を下げるための対策に本腰を入れることを強く望みたい。

岩手日報　平成十四（二〇〇二）年六月

世界湖沼会議に期待する

十一日から十六日まで滋賀県内で第九回世界湖沼会議（国際湖沼環境委員会主催）が開かれる。報道によると、世界の七十六の国と地域から約千七百人が参加する。

環境をめぐる国際会議で、最近心配されている生態系崩壊をどう食い止め、人類の〝生命〟である水をどう守るべきか、淡水資源を質、量とも枯渇に追いやってきた過程をどう変えていくのか注目される。

「環境の世紀」といわれる二十一世紀に入った。湖沼をめぐる環境は、第一回の湖沼会議が開かれた一九八四年以降、人類が利用できる水資源、限りある水を守るため、淡水資源の巨大な〝貯蔵庫〟でもある湖沼の価値が重要視され、世界の湖では在来種生物の減少や湖水の汚濁が広まる一方、ヨシ原の復元や水草の培養など、生態系を元に戻す運動も広がっていると聞く。

外来種に押されて在来の魚や水草は絶滅の危機にあるとともに、若者に人気の水上バイクの排ガスは滋賀県・琵琶湖や北海道・支笏湖で問題になっている。

水上バイクは排ガスを水中に噴射して進むため、化学物質で水質汚染につながると環境保護団体などが規制を要求している。

また、ヒメマス漁が盛んな北海道・洞爺湖では、昨年三月の有珠山噴火でプランクトンが多く発生、栄養塩が火山灰に付着して流入し、来年の豊漁への期待が高まっているという。

貯水量二百七十五億立方メートル、約四百万年前に誕生した琵琶湖は今、再生への道をたどっているともいう。

水資源が枯渇し、人間の生存が危機に陥ることを現実問題として受け止めている研究者もいると聞く。早急にヨシ原や浅瀬などを復元し、生態系を取り戻し、さまざまな植物や動物が生存できるようにしなければならない。

湖沼には人の活動によって発生した汚濁物質が流れ込み、自然の力で分解、浄化されたり、新たな反応を引き起こしたりする。

流れ込む有機物の量が増加すれば、酸素の消費量は増え、無酸素状態にまでなる。不足すれば有機物の分解は止まり、汚濁が進む。

都市排水や農業排水、気象などの影響によってその対策も異なる。世界には水が乏しい国が多くあり、想像もできないような問題もある。最近は環境ホルモン問題がクローズアップされている。

湖沼は飲み水や農・工業用水として、人間生活に密接な関係にある。環境は非常にもろいといわれ、富栄養化や人工毒物汚染などが地球的規模で進行している。

食糧より先に水不足が起こるのではないかと心配する人もいる。人類の利用できる水資源として、湖との共存の道を探る、実りの多い論議を期待する。

岩手日報　平成十三（二〇〇一）年十一月

テロへの備え日本は万全か

犠牲者が数千人ともいわれる史上最悪の米国の同時多発テロ事件。「悪夢」としか言いようがない悲惨な事件だ。

大きな特徴は、ハイジャックされた民間機が「自爆武器」として使われ、空港のセキュリティーが高いとされる米国内で、同じ日に四機もハイジャックされたことだ。テロやゲリラといった「国家対組織」「国家対個人」という戦争が、二十一世紀の新たな脅威になる。

日本のテロ対策は万全であろうか。今回の事件は、国内の制約をあらためて浮き彫りにしている。事件後、小泉純一郎首相は警察庁と防衛庁に対し、在日米軍基地への警備強化を指示。だが、平時の自衛隊の活動は限られている。自衛隊法では、自らの駐屯地や武器を警護することしかできない。

米軍基地に限らず、発電所や空港、鉄道など重要施設を警備するのは都道府県警だけで、自衛隊が事前に警備に当たることはできない。日本政府は、今回のテロ事件を教訓に危機管理のあり方を見直し、早急に法整備も含めて検討を迫る必要があると考える。

岩手日報　平成十三（二〇〇一）年九月二十一日

早食い大食いテレビに苦言

テレビの正月特別番組の中で「早食い」と「大食い」を競った番組への批判の声が相次いだ。「TVチャンピオン」「フードバトルクラブ」、また「明石家さんまのザ！　ミラクルマスター」も同種内容のコーナーを設けた。同時間帯に三つの番組が並んだことに対して、特に厳しい声が集中したという。

「許せない。何万人もの人が飢餓で死んでいく中、日本ではただ早く多く食べることが競技になっている。がくぜんとした」「内紛により幼い子供たちがその日の食べ物に困っているにもかかわらず、大食いをネタにするのは非常識」「以前は笑いもしたが、最近はエスカレート気味で、健康面でも心配」――など、批判の多くは内容の再考を望む声である。たくさん食べたからということで、それが何の価値があるのか。食べ物を粗末にしている以外の何ものでもない。視聴率重視で感覚がまひするのか。視聴者は自問するところだが、放送界は視聴者の声を重く受け止めなければならないのは当然である。企画に慎重さが欲しい。

岩手日報　平成十四（二〇〇二）年一月

政治家は高い倫理観持って

「疑惑追及のエース」といわれた社民党の辻元清美衆院議員が、政策秘書の給与流用疑惑で議員辞職に追い込まれた。政治資金規正法違反に加え、詐欺の疑いも指摘されている。記者会見でうそをつき、政治不信を高めた責任は重大で、国会議員の資格はないと言わざるを得ない。

国会での歯切れのいい質問とテレビでの派手な発言で頭角を現した辻元氏は「ワイドショー政治」の花形だった。辻元氏のこれほどの迷走を許した背景には、社民党の制御が利かなかったこともある。土井党首の対応もきわめて問題があった。疑惑が発覚した三月二十日の時点で、党としてまったく調査を行っていないにもかかわらず、「何でこういう記事がこの時期に出るんだろう」と、辻元氏の疑惑があたかも与党側の〝謀略〟であるかのような発言をした。認識が甘い。

戦後の初代の東大総長で政治学者南原繁氏は、「真理立国」ということをよく使われた。「真理に従って、国を立てる」という意味である。不祥事を繰り返さないよう、個々の政治家が高い倫理観と真理に従って、政治への信頼を取り戻す責務がある。

岩手日報　平成十四（二〇〇二）年四月三日

食糧問題対応世界的規模で

先進諸国で飽食や肥満が問題化する一方、世界中で約八億人もが慢性的な栄養不足に苦しんでいる。発展途上国、特にアフリカでは、環境破壊や内戦などが要因で、飢餓を訴える状況が深刻化しているという。

国連食糧農業機関（ＦＡＯ）の二〇三〇年の食糧需給見通しでは、現在の地球人口六十億人が八十三億人になり、そのうちの八割が暮らす途上国で、約二億七千万トンの穀物が不足すると推定している。

温暖化や気候変動の影響で熱帯地域の途上国では作物の生産が減少するとみられる。世界の食糧生産がおおむね安定している中で、現時点でも三十一カ国が深刻な食糧不足に直面していると聞く。

食糧問題の解決は、二十一世紀の人類の最重要課題となっている。先進国の大量消費と豊かな食卓が、世界の農産物価格を上昇させ、アフリカなど途上国の飢餓の遠因になっている側面も忘れてはならない。

日本は食糧の多くを海外に依存し、自給率は先進国で最低の四〇パーセントといわれている。飢餓解消に向けて果たす役割は小さくない。きょう十六日は「世界食糧デー」である。地球規模で食糧問題を改めて考えてみたい。

岩手日報　平成十四（二〇〇二）年十月十六日

魅力あふれる新垣さん感動

力強く、生き生きとしていた。温かい歌声で人気のある沖縄出身の全盲のテノール歌手・新垣勉さんの盛岡公演に感動した。

本県でのリサイタルは今回が初めてという。テレビやラジオ、CDで聴いていたが、ステージでの歌は、聴く者の胸に真っすぐ飛び込んでくる歌と、共感を誘う絶妙の語りが相まって、聴衆をとらえて離さない魅力にあふれていた。特に歌の合間のトークでは、客席も自身も笑いが絶えなかった。

新垣さんは一九五二年、米国軍人の父と日本人の母の間に生まれた。生後間もなく、助産師さんが間違って劇薬を点眼し失明した。一歳で両親が離婚、二人は幼子のもとを去り、祖母に育てられた。

新垣さんは歌が好きな祖母の影響で歌に興味をもつようになったという。ある日、ラジオから流れてきた賛美歌に妙に心をひかれ、教会の牧師に出会ってからすっかり変わった。大学で聖歌隊に入り「これからは人を励ますために歌いなさい」と励まされたという。以後、父への憎しみは消え、感謝の気持ちがわいてくるようになったともいう。どこへ行っても「さとうきび畑」のリクエストが一番多いらしい。沖縄で生まれ育っただけに「平和」を歌にのせて発信したいと語る。そこに新垣さんの歌の原点があるのではないかと思った。

岩手日報　平成十五（二〇〇三）年

対策急がれる世界異常気象

今年は世界各地で多雨、干ばつ、高温といった異常気象が頻発している。国連の世界気象機関（ＷＭＯ）は「このまま地球温暖化が進めば、今後も異常気象が増加する恐れがある」と警告している。

ＷＭＯによると、異常気象により毎年、世界のどこかで記録を更新する被害が急増中という。一八六一年以来、地球の表面の気温が上昇し続け、二十世紀の百年間では約〇・六度も上がったとされる。

中国湖北省では七月に入ってから平年の約五倍の降水量を記録し、死者・行方不明者が六十人以上にも上った。スリランカも多雨で洪水が多発し、三百人以上の死者が出た。ヨーロッパ南部の各地では六月に異常高温を記録した。イタリアではミラノの気温が三十五度を超えるなど、記録的な猛暑で電力不足が相次いだとしている。スイスでも六月の平均気温が二百五十年間で最高を記録した。

インドでは熱波で気温が四十五―四十九度まで上昇、千数百人が死亡したと報じられている。米国では五月に竜巻が五百以上も発生し、約四十人が死亡したという。

異常気象の原因に地球温暖化が関係しているのはもう否めない。経済性や利便性を犠牲にしてでも、地球温暖化対策が急務と考える。

岩手日報　平成十五（二〇〇三）年

組み換え作物安全性論議を

遺伝子組み換え食品に関する安全性評価の国際指針が七月に開かれた国連のコーデック

ス委員会で採択された。遺伝子組み換え食品は環境や人体への影響が懸念される一方、食糧問題解決に向け、研究競争も世界的規模で展開されており、消費者の関心も高い。

今回の指針は、すでに流通している遺伝子組み換え作物のほかに、組み換え微生物を使った食品の安全性評価も打ち出した点で注目される。ワインをはじめとする酵母などの微生物を利用した食品を想定したものだ。

遺伝子組み換えが交配や接ぎ木などの従来の品質改良と異なるのは、種の壁を越えて人工的に遺伝子を組み換えることができることだ。

自然界にないものをつくり出すだけに、生態系への影響や食品としての安全性を問題視する意見も根強い。

作物の種類では大豆が圧倒的に多く、トウモロコシ、ジャガイモなどと続く。除草剤や害虫に強い耐性を持たせたものがほとんどだ。日本では政府が食品としての安全性や、環境への安全を確認したうえで、流通や栽培を認めている。

米国の大豆作付けの八割は遺伝子組み換えとされている。遺伝子組み換え食品の安全問題に取り組む日本子孫基金では、遺伝子組み換え食品が目に見えない形で入ってきている可能性が強いので、すべて審査表示をすべきだと主張しているが、反対論もある。遺伝子組み換え作物の実用化については、社会全体で改めて考えていく問題だと思う。

岩手日報　平成十五（二〇〇三）年八月十三日

全面禁煙措置学校は実施を

学校をすべて禁煙にしようという動きが全国的に広がっている。本年度から全公立校で実施している和歌山県に続き、自治体ぐるみで導入を決めたところもあると聞く。たばこが体に悪いことは、すでに常識だ。がん、心臓病、肺気腫などの呼吸疾患を招く。一度手を出すとやめるのが難しいのはニコチン依存症のせいだ。

予防の第一は、まず子供たちにたばこの害を教え、手を出させない教育であろう。学校を全面禁煙にして、もちろん教師も禁煙をし、学校という環境そのものを、たばこのない空間にすることが重要だと考える。

今年五月には、公共の場での受動喫煙防止対策を盛り込んだ健康増進法が施行される。庁舎内を全面禁煙する自治体、学校敷地内禁煙への取り組みも広がり始めている。東京・千代田区で始まった路上喫煙防止条例の動きは各地に普及しつつある。四月から市立幼稚園、小中学校での禁煙を行う愛知県犬山市は「法律に明記されたことが追い風になった」としている。

個別の学校で独自に全面禁煙に取り組むケースも増えている。学校がたばこのない健康ゾーンとなるよう切に望みたい。

岩手日報　平成十五（二〇〇三）年四月十二日

知事辞職での信頼回復急げ

女性問題を週刊誌報道された青森県の木村守男知事は「県民世論」に押される形で辞職した。一部週刊誌が掲載した刺激的な内容故に、直後から批判が集中した。

木村知事は県議会で、軽率な行動によって世間を騒がせたことを陳謝。議会説明でも肝心な点になると「女性とは円満解決している」「女性のプライバシーがある」と言葉を濁した。木村知事の姿に、多くの青森県民が不信感を募らせた。

昨年九月「新渡戸稲造生誕百四十年祭」が東京で開かれた。全国から多くの方が参加し、新渡戸稲造の孫加藤武子さん、増田知事、木村知事も同席した。

木村知事のあいさつには感銘しただけに、今回の行動は信じ難い。行政の指導力が、今こそ求められている。にもかかわらず、この体たらくである。青森県政に対する県民の信頼度は、大きく低下してしまった。次期知事には、まずこのような実態を重く受け止め、県政の信頼性回復に全力を挙げていただきたい。停滞に伴う行政の遅れを早急に取り戻すべきであると考える。

岩手日報　平成十五（二〇〇三）年五月二十七日

自殺防ぐには心のケア大切

昨年一年間の全国の自殺者は、三万四千四百二十七人。本県は五百七十四人で、東北では宮城、青森、福島に次いで四番目に多いという報道があった。

重大な社会問題である。特に働き盛りの自殺が後を絶たない。リストラや能力主義におびえ、過度の負担に疲れ果て死を選ぶ。

そうした中高年の多くがうつ病にかかっているとされるが、適切な治療を受ける前に貴い命を落としているという。心の病への理解が足りず、防げるものも防げなくなっているとの専門家の指摘もある。

日々の生活を送るうえで、誰にもストレスはつきものである。しかし、個人にも組織にも、ストレスの要因を調べ、それを緩和していく工夫が重要である。

介護疲れなどで高齢者夫婦が無理心中したり、子育てに悩んで親子で心中する事件も後を絶たない。少子高齢化が急速に進む中で、家庭が揺らいでいることが、このような悲劇の背景にある。

うつ病は今や風邪と同じで誰もがかかりうる病。軽い症状のうちに治療を受けやすい雰囲気を、職場や家庭につくることが大切と考える。

岩手日報　平成十六（二〇〇四）年

五輪逃しても笑顔を忘れず

日本中のマラソンファンが注目していた、高橋尚子選手の五輪連覇の夢はついえた。残された二枚の出場切符をめぐり過去の実績か選考レースの結果かで、もめにもめたアテネ五輪女子マラソンの代表選考で、日本陸連は東京国際で失速した高橋尚子選手を外した。「激論の末の苦渋の決断だった」と陸連幹部は説明した。これに対してシドニー五輪のヒロインは「（アテネで）走る姿を想像していた」と無念の思いをにじませながら「ファンにもう一度元気な姿を見せたい」と再起を誓った。

高橋選手が漏れたアテネ五輪の代表選考について、専門家などから驚きの声が上がった。そして、選考基準を見直すべきだとの指摘が相次いだ。

記者会見の高橋選手は、いつもの人懐っこい微笑を絶やさず、選ばれた三人に激励の言葉を送った。高橋選手のフェア精神に感動した。

代表に選ばれた野口みずき、土佐礼子、坂本直子の三選手が選考レースで見せた走りは、いずれも見事だった。日本記録を持つ高橋選手を上回る水準で選考会を勝ち抜いた。その自信と誇りを胸にアテネで快走してほしいと祈っている。

岩手日報　平成十六（二〇〇四）年三月二十三日

皇室の将来を温かく見守る

「現状についてわかっていただきたいと思って」と波紋が広がった異例の発言について、皇太子さまが、自ら心境を文書で率直に示された。

「人格否定」があったことをにじませながら「対象を特定して公表することが有益とは思いません」と述べ、雅子さまの健康回復に向けて「全力で支えていく」との決意をあらためて示された皇太子さま。

半年の長期にわたって雅子さまのご静養が続き、抱えておられる悩みを語られた異例の発言だった。

ご夫妻はこれまでも、会見の場などで何度もメッセージを発してこられた。雅子さまは、外国訪問が思うようにできない状況に適応するのに「大きな努力が要った」とテレビで語られたことがある。

お二人の外国への訪問は、これまでにわずか三回しかない。外交官だった雅子さまのキャリアを生かし、もっと親善外交の機会があってもよかった。

今は雅子さまが一日も早く元気になられるように最善を尽くすことが重要である。宮内庁の支援体制や、お二人の公務のあり方も、問題があるのなら改善も必要だ。皇室の伝統と歴史は大切だ。「世継ぎ問題」も、皇室の将来を考えると避けては通れない。周囲は温かくお二人を見守るべきだと考える。

岩手日報　平成十六（二〇〇四）年六月十五日

自殺の防止策官民を挙げて

昨年一年間に国内で自殺した人は三万二千三百二十五人で、七年連続三万人を超えた。県内では五百二十五人で、七年連続五百人を上回る。家族や友人ら、残された人たちにとっても、大変な苦しみに違いない。

自殺者を減らすためにも、官民挙げて知恵を絞らなければならない。動機別にみると、病苦などの健康問題、事業不振や借金苦などの経済・生活問題が七〇パーセントを占めた。続いて家庭問題が過去最悪となった。夫婦間の不和や子供の問題、看病・介護疲れなどで将来を悲観したケースだ。高齢化が進み、看病や介護に悩む人は増える心配もある。その支援は重要な課題である。

全自殺者の七〇パーセントは男性で特に五十代が目立つ。景気は回復途上にあるが、それが暮らしの隅々にまで及んでいるわけではない。

インターネット上で知り合った若者の集団自殺も後を絶たない。集団自殺による死者は十九件（五十五人）で異常である。ネットは匿名性が特徴だが、ことは人命にかかわる。警察庁も死をほのめかす内容が書き込まれたら警察の照会に応じるよう、関係業界と協議を始めたという。

それぞれの人の死は、どうすれば防げたのか。防止策を探っていくことが重要と考える。

岩手日報　平成十七（二〇〇五）年六月十四日

大地震教訓に防災対策強化

高い確率で大地震の発生が予想されていた宮城県沖で十六日、最大震度六弱の地震が発生した。その揺れは、北海道から四国にかけての広い範囲に及んだ。

宮城県沖地震からまもなく三十年。今回の揺れは「今後三十年以内に九九パーセントの確率で発生する」とされている大地震なのか、それともさらに大きな地震の予兆なのか。戸惑いが広がっている。

今回は建物に被害を及ぼす一、二秒周期の揺れが前回の半分以下と少なかった。こうした揺れの性質が被害を少なくしたとの指摘がある一方、防災対策の成果との見方もある。

公的機関の被害想定よりも実際の人的被害がそれほど大きくなかったのは、発生時に慌てた住民が少なかったのだろうし、防災対策が功を奏したともいわれている。大きな揺れでも死者や行方不明者が出ていないのは不幸中の幸いだ。次の地震がいつ起こるかもわからない。この地震を教訓に、防災対策の強化が望まれる。

岩手日報　平成十七（二〇〇五）年八月二十三日

文化賞決定の長岡さん祝福

盛岡市出身で、舞台、映画、テレビに幅広く活躍する大女優の長岡輝子さんが第五十八回岩手日報文化賞に決まった。心からお祝い申し上げる。

文字には命がある。詩人や作家がつづった作品を、目で味わってみる。文に込められた魂の声がゆっくり浮かび上がり、読む者の心に染み通る。人の声でその作品が朗読されると、たちまち印刷された文字に息が吹き込まれ、豊かな色彩が広がる。登場人物が立ち上がり、動きだす。

今年九十七歳になる長岡さんの朗読を聞いて、感動や出会いを経験した人も多いだろう。特に盛岡弁で語られる宮沢賢治の作品朗読ＣＤは高い評価を受け、数々の輝かしい足跡を残している。

母親が始めた幼稚園は宣教師夫妻に引き継がれ、たくさんの思い出を残されたという。長岡さんのCD作品の中でも「ながおかてるこのせいしょものがたり」全六巻は、魂の深みに蓄積されてきた原点の結晶だといえるだろう。

この春出版された『長岡輝子の四姉妹』を読んだ。高齢者になっても四姉妹はみな美しく、心身ともに健康で、仲がいい。これからも健康ですてきな年を重ねられ、次代を担う子供たちの心にその思いを伝えてほしい。

岩手日報　平成十七（二〇〇五）年十月十五日

平和への思い岩手から発信

日本ペンクラブなど主催の第二十二回「平和の日」いわてでの集いは三日、盛岡市の県民会館で開かれる。

会長の井上ひさしさんら著名な作家、音楽家ら八人が出演し、対談形式のリレートークが行われる。

文筆家が会員となっている日本ペンクラブは、理由のいかんを問わず、あらゆる戦争と核に反対している。一九八四年の国際ペン東京大会で、同クラブが提案した三月三日が「平和の日」に採用された。

以後、毎年全国各地で集いを開催。いわての集いは、三年前に増田知事と井上会長が対談した際に本県開催の話が持ち上がったのがきっかけという。

日本ペンクラブは、島崎藤村を初代会長に一九三五（昭和十）年に設立された。詩人、劇作家、エッセイスト、評論家、編集者、小説家ら会員数は二千人を超え、本県では作家の高橋克彦さんらが会員となっている。

言論・表現の自由と平和の二つを守ることを柱に活動している。岩手は石川啄木、宮沢賢治の生誕の地。岩手から、文学者の平和に対する思いをアピールしてほしい。

岩手日報　平成十八（二〇〇六）年三月一日

男児誕生祝い皇室安定願う

秋篠宮妃紀子さまが、男のお子さまを出産され、お名前は悠仁さまと決まった。日本中が待ち望んでいたことであり、心からお祝いを申し上げます。

皇室にとって四十一年ぶりの男子誕生だった。県内でも秋篠宮ご夫妻にゆかりのある人や県民から喜びの声があふれ祝福ムードに包まれた。

ここ数年、皇室のあり方をめぐる活発な議論が国会などで展開されてきた。皇位継承を確実にするための皇室典範改正論議や、憲法改正論議での象徴天皇のあり方についての議論もそうだ。激しい意見が交わされる中で、国民全体で皇室問題を考える機会となった。今の制度では女性皇族である愛子さまや眞子さま、佳子さまは結婚されると皇族の身分を離れる。皇室の方々が将来的に少なくなる。このような問題にどう対応するか心配もある。

政府は皇室典範改正議論を慎重に進めるという。皇室は日本の文化と伝統の象徴である。皇室制度を将来にわたって安定したものにするために、皆が納得する制度をつくり上げていくことが求められている。悠仁さまには健やかに成長していっていただきたい。

岩手日報　平成十八（二〇〇六）年九月十三日

自治体破たん再建の道注目

北海道夕張市が、三百六十億円の赤字を二十年間で完済する財政再建計画をたてた。大幅な職員、給与の削減を盛り込むが、市民税増税やサービス低下に市民は猛反対している。これに対し国はさらに切り詰めた計画を求める構えだ。少子高齢化や人口流出も加わり、市の存続をかけた計画になる。きわめて深刻な財政危機に直面している自治体は夕張市だけではないという。

こうした自治体の財政危機を背景に、総務省の研究会は「再生型破たん法制」の検討を進めている。年明けの通常国会での法案提出を目指すという。一定値を超えた自治体には毎年、健全化計画を国や都道府県に報告させ、住民への公表なども求める方針だ。

夕張市は六十五歳以上の高齢化率が市では全国一の四〇パーセントに達しているうえ、再建団体入りで人口減に拍車がかかる懸念がある。二十年後、借金を完済できたとしても街はどうなっているだろうか。長年にわたって住民に大きな負担を強いる結果を招いた放漫経営のツケはあまりに大きい。

問題は破たんの教訓を生かせるかだ。夕張予備軍にとって、再生へのプロセスは、過疎化が進む地方自治体のモデルにもなりうると考える。

岩手日報　平成十八（二〇〇六）年十二月二十日

原発耐震指針見直しを急げ

運転が始まったばかりの北陸電力・志賀原発二号機に、運転差し止めの初の司法判断が下された。原発の耐震安全性に対する国民の関心が高まる中、判決は直接の被告ではない国の安全審査の根幹にまで疑問を投げかけ、審査に最新知見を反映し続けることの難しさを浮かび上がらせた。

日本は世界有数の地震列島だ。このため原子炉の耐震設計は、国が定めた詳細な安全審査を経ている。判決は審査の妥当性に疑問を呈した。耐震設計は、過去の地震に基づいて強度などを決めている。発生する可能性がない巨大地震までは想定していない。

判決には、昨年八月に宮城県沖で起きた地震の影響がうかがえる。この地震で東北電力の女川原発では、想定していた以上の大きな揺れが観測されたと聞く。

現在の指針は二十年以上前に作られた。最初の知見に合わせて、もっと安全に余裕を見込み、分かりやすいものにすべきだという声は多い。

政府の原子力安全委員会は五年近く前から見直しを検討中という。専門家の間で議論が深まるまでに至っていないともいう。国は早急に耐震指針の見直しをまとめ、不安解消に全力を挙げてほしい。

岩手日報　平成十八（二〇〇六）年四月八日

飲酒運転「悪」社会に徹底を

改正道路交通法が施行され、飲酒運転に対する罰則内容が大幅に強化された。運転手に酒を勧めること、酒を飲んだ人に車を貸すこと、飲酒運転の車に同乗することは悪質な行為だと明確に規定され、新たに罰則が設けられた。運転者も悪いが、飲酒運転を許容した側の責任も大きい。

報道によると、県内の飲酒運転摘発は五年前の半分まで減少したが、悲惨な事故は後を絶たない。車を運転する人に「一杯ぐらいは」と安易な気持ちで酒を出し、酒を飲んだ人に「車で送って」と頼むことはもはや通らない。家庭や飲食店で企業などの宴会の場で、それぞれの人が肝に銘じなければならない。

県警によると県内の飲酒運転の摘発件数は、二〇〇二年に約二千六百件だったが、〇六年は半分の約千三百件まで減少。飲酒運転が原因の事故も〇二年の百十六件から〇六年は七十四件に減少した。飲酒運転への批判が高まり、自戒した人が増えた結果だろうが、それでも根絶にほど遠い。

改正法施行を機に「飲酒運転は悪だ」との意識を、社会全体に一層徹底させていかなければならないと考える。

岩手日報　平成十九（二〇〇七）年十月二日

自転車も規則マナー守ろう

改正道路交通法が六月一日から施行され、三十年ぶりに自転車の通行区分が見直される。改正内容を周知徹底し車、歩行者とともに安心して通行できる交通環境の実現が求められる。

「車道通行が原則、例外的に歩道通行」という基本は変わらない。歩道では車道寄りを徐行する。歩行者の妨げになるときは一時停止する。この原則も同じだ。

歩道では、歩行者の安全が最優先だ。車道の幅員や車の交通量などで自転車の車道通行が危険な場合は、新たに歩道通行ができる。車道が危険かどうかは、自転車に乗る人が判断する。

報道によると、交通事故の二割は自転車が関係した事故。その約七割は自転車の側に違反があるという。通行区分違反、信号無視、酒酔い運転などには懲役を含む罰則がある。夜間の無灯火は五万円以下の罰金だ。

自転車は、車道でも歩道でも邪魔物扱いされがちだ。人込みを猛スピードで通り抜けるマナーの悪さも目立つ。自転車にも道路交通法で定められたルールがあるのだから、悪質自転車は厳しい取り締まりが求められる。

岩手日報　平成二十（二〇〇八）年五月三十日

素晴らしい宝次代へと願う

国連教育科学文化機関（ユネスコ）の世界遺産委員会は、「平泉の文化遺産」について登録延期を決議した。政府と県、地元市町が一丸となって逆転登録に奔走してきただけに、関係者の間には落胆が広がった。

世界遺産は八百五十を超え、登録のハードルが年々高まるなど世界遺産自体が転機を迎えているともいわれている。国別の登録数でもイタリアの四十一件を筆頭に欧州四カ国が上位五カ国に入る。

すでに多くの遺跡が登録されている欧州に比べ、アジアは中国の三十七件など登録件数全体の二割。人類全体にとって普遍的な価値を持ち、他に類例を見ない「地球の宝物」、それが世界遺産だ。

これを保護することが世界のすべての人々にとって重要であるという見地から、一九七二年の第十七回ユネスコ総会で採択されたのが世界遺産条約だった。日本がその条約に加わったのは、二十年後の一九九二年。素晴らしい地球の宝物が、次の世代へ届けられることを願ってやまない。

岩手日報　平成二十（二〇〇八）年七月十七日

地震への備え各自しっかり

最大震度六強という巨大地震がまたも県内を襲った。県南に大きな被害をもたらした岩手・宮城内陸地震からわずか一カ月余り。その記憶が生々しく残る中、今度は県北の地が激しい揺れに見舞われ、多くの人が重軽傷を負い、一部地域で断水や停電も発生した。

揺れた範囲は都市部から山間部まで幅広い地域でかつてない大きな被害を伴う地震が相次いでいる。しかも、さほど地震が警戒されていない地域で起きている。岩手・宮城内陸地震でも動いた断層は、専門家がほとんど注目していないものだったという。

日本は「地震列島」。どこで、いつ地震が起きるか分からない。まず一人ひとりが備えを強化することが重要だ。阪神大震災では犠牲者の九割は家具の転倒や建物の倒壊が原因と聞く。地震防災への関心を一層喚起することが求められる。

岩手日報　平成二十（二〇〇八）年八月二日

時代を映した永井さんの曲

「有楽町で逢《あ》いましょう」など、爆発的大ヒットで一躍スターダム。低音の魅力で、戦後のムード歌謡を代表した歌手のフランク永井さんが長い闘病生活にピリオドを打って、黄《よ》泉《み》に旅立たれた。

私生活のトラブルから、自殺未遂。その後遺症で介護が必要な生活。波乱の七十六年間の生涯だった。

歌唱力は抜群だったし、低音の魅力は女性の心をしびれさせた。「君恋し」のような古い流行歌をリバイバルヒットさせた功績も大きい。

永井さんが得意としたナイトクラブなど夜の繁華街を描いた歌詞は、当時の庶民、地方在住者の都市生活へのあこがれをかき立てた。戦後の混乱期から、高度成長へと向かう時代の気分を見事に代弁した。

ヒット曲に、松尾和子さんとのデュエット「東京ナイトクラブ」や「おまえ」がある。今年七月には「有楽町で逢いましょう」が、発売から約半世紀となり、記念の歌碑が東京・有楽町に建立された。

再び、あの低音を聴きたいと願っているファンも多い。ご冥福を心から祈ってやまない。

岩手日報　平成二十（二〇〇八）年十一月八日

オバマ政権の方向性に注目

米大統領選で、民主党のバラク・オバマ上院議員が初の黒人大統領実現を決めた。国際的な威信失墜と金融危機の中で「変革」や「統合」を訴えて国民に希望を与え、人種の壁を乗り越えた結果といえる。

イラクとアフガニスタンでの二つの戦争など、ブッシュ政権が残した課題を引き継ぎ、米国の新たな方向性を打ち出すことに、世界が注目している。金融危機の拡大により景気後退局面入りしたとみられる米国経済の再生も急がねばならない。

外交・安全保障分野でも、次期政権の課題は山積している。イラクの安定を確保しながら、駐留米軍の戦闘部隊を就任後十六カ月以内で撤退させると訴えてきた。どう実現させるのか注目される。

日本は、米国の政権交代を機に対米関係を再構築し、同盟関係を強化させなければならない。ブッシュ政権は先月、北朝鮮に対するテロ支援国家指定を解除した。北朝鮮問題は重大な局面にある。オバマ政権がどう対処するかは不透明だ。日本政府は核、拉致問題の包括的解決に対応が急務であると考える。

岩手日報　平成二十（二〇〇八）年十一月十七日

話題いろいろ宇宙に関心を

一月四日付本紙朝刊「風土計」を関心を持って読んだ。今年は、宇宙に思いをはせる絶好の一年になりそうだ。

日本人宇宙飛行士の若田光一さんが、二月から国際宇宙ステーションの長期滞在に入り、日本人が宇宙で暮らす時代が幕を開ける。また、イタリアの科学者ガリレオ・ガリレイが人類で初めて望遠鏡を星空に向けて宇宙の姿に迫った一六〇九年から、四百年の節目の年である。

国連、国連教育科学文化機関（ユネスコ）などは今年を「世界天文年」と定め、国内各地でもさまざまな催しが計画されている。日本の陸地では四十六年ぶりとなる皆既日食も、七月二十二日に見られると聞く。

報道によると、今回の日食では、太陽がすっかり隠れる皆既状態が最大で六分四十四秒も続くという。今世紀中に起きる日食では最も長い。

皆既に入ると、昼なのに星が見えるほど暗くなる。皆既日食が見られるのは鹿児島以南だが、太陽の一部が隠れる部分日食なら全国で見られるようだ。

天の川が無数の星の集まりであることを明らかにしたのはガリレオだ。月や天の川を自分の目で確かめる驚きや喜びを味わいたい。

岩手日報　平成二十一（二〇〇九）年一月十三日

自殺防止対策一段の強化を

警察庁のまとめによると、昨年の自殺者三万二千二百四十九人のうち原因・動機が遺書や関係者の話などから判明したのは二万三千四百九十人で、「うつ病」が動機の一つとなった人が六千四百九十人に上るという。

自殺者の年代別は中高年の割合が依然高いものの、三十代が四千八百五十人と過去最多となった。県内の自殺者数は四百九十人で、前年から七人増。年齢別は四十代以上の中高年が八割近くになる。景気の急激な悪化を背景に、自ら命を絶つ人がなくならない。

官民を挙げて自殺防止対策の一段の強化が必要だ。雇用や金融機関の貸し渋り、倒産件数などと自殺の推移は相関関係がある。

政府の自殺対策が整ったのは自殺対策基本法の施行を受け、一昨年に自殺総合対策大綱が作られてからだ。医療機関や企業と連携した相談体制の充実、心の健康づくりの推進などを掲げている。

失業から再就職失敗、生活苦、多重債務、夫婦間の不和、うつ病などと徐々に追い詰められるケースもある。高齢社会の進展とともに、介護疲れや看護疲れによる自殺の増加も懸念される。

岩手日報　平成二十一（二〇〇九）年五月二十八日

オバマ大統領紛争解決望む

二〇〇九年のノーベル平和賞は、米国大統領として初めて包括的な核廃絶への道筋を提示し、多国間主義に基づく国際協調に再び希望を抱かせたバラク・オバマ大統領に決まった。

就任後わずか八カ月余りの超大国の国家元首。それも、具体的な成果がまだ見えない段階で選ばれるという、異例ずくめの授賞。「核兵器のない世界」を目指す大統領の構想と、その動きに「特別の重要性を認める」と称賛した。

世界経済危機、核拡散、地球温暖化、感染症など、世界が共有する難問の解決には、各国の連携はもちろん、それを束ねるための強力な指導力が不可欠である。オバマ氏は、アフガニスタンでの対テロ戦争の泥沼化を解決できないでいる。北朝鮮やイランの核問題も、解決への具体的な成果が上がっていない。

米国内でも、医療保険制度改革をめぐる論議などで支持率が急低下している。そのオバマ氏を、あえて全面支持する授賞には「政治性」が目立つとも聞く。

今後、いかに実のある成果を上げるかが重要な課題だ。授賞を機に、オバマ大統領の世界平和実現への努力を期待したい。

岩手日報　平成二十一（二〇〇九）年十月十五日

忘れられない名優森繁さん

戦後の芸能界をけん引してきた名優森繁久弥さんが亡くなった。

森繁さんが、代表作の一つであるミュージカル「屋根の上のヴァイオリン弾き」のテヴィエ役に取り組んだのは一九六七年。十三年間で四百回を記録した時、「舞台は客席が支えてくれる。私たちは燃えている。お客さまがうちわであおってくだされば、もっと燃えます」と話していたことが忘れられない。

その後、九百回を達成してこの役を降板したが、「体の動きが音楽に遅れ、間が追いつかない。恥ずかしいが、だまし切れませんや」と、身を引く言葉も印象的だった。

映画では五二年の「三等重役」が出世作。「社長」「駅前」シリーズと続く東宝の喜劇映画は、高度経済成長期の会社員の共感を呼んだ。

「警察日記」では、人情味豊かな警官、「夫婦善哉」では大阪の憎めないダメ男を柔軟に演じ、数々の賞に輝いた。九一年には文化勲章を受章。伝達式の後、森繁さんは「胸に満つるものがあります。大衆芸能、商業演劇は除外される趣があったが、これで門戸が開かれたのでは。それが一番うれしい」と感慨深く語った。心からご冥福を祈りたい。

岩手日報　平成二十一（二〇〇九）年十一月十四日

日本は優れた研究の継続を

今年のノーベル化学賞に、北海道大の鈴木章名誉教授と、米パデュー大の根岸英一特別教授が選ばれた。受賞の理由は、医学品や液晶物質などを効率よく合成するための化学反応法の開発だ。

お二人の研究成果はすでに各分野で生かされているという。日本人の誰もが、大いに胸を張りたい壮挙だ。これで日本人のノーベル賞受賞者は十八人を数え、化学賞では七人となる。アジア地域では群を抜く人数。

今回の二人の受賞も、若い研究者に勇気と希望を与えたといえよう。海外に出て世界の研究者と競うことで、トップレベルの成果が生まれるとも聞く。このような優れた研究を、日本はこれからも続けていけるのか。そこには課題も見える。

対照的に欧米諸国は、科学技術への公的投資を増しているという。激烈な世界の研究競争に取り残されないよう願っている。受賞の喜びを次につなげるために政府や日本の研究機関はあらためて現状を認識することが重要と考える。

岩手日報　平成二十二（二〇一〇）年十月十八日

岩手を愛した長岡輝子さん

盛岡市出身で、女性演出家の草分けの女優長岡輝子さんが老衰で亡くなった。百二歳だった。県内でも、岩手を愛した往年の女優を悼む声が聞かれた。長岡さんは幼年期に盛岡を離れ、戦前から舞台、映画、テレビで活躍した。一九七一年に文学座を退団して以降は、岩手の方言での宮沢賢治作品の朗読をライフワークにするなど、賢治を尊敬していた印象が強く、詩の意味を知るために、賢治の弟清六さんを訪ねられたこともあると聞く。

六四年には、ウェスカー作「大麦入りのチキンスープ」を演出、主演し、芸術祭文部大臣賞を受賞。映画やテレビでも、個性的な脇役で出演。中でも、八三年〜八四年、NHK朝の連続テレビ小説「おしん」では幼いおしんが奉公する加賀屋の大奥様を重厚に演じ、話題となった。

著書に、半生をつづった『父からの贈りもの』などがある。CDも「宮沢賢治の魅力」全六巻など多い。ご冥福を祈ります。

岩手日報　平成二十二（二〇一〇）年十月二十五日

人情味豊かな星野さんの詩

「函館の女《ひと》」「三百六十五歩のマーチ」などのヒット曲で知られる作詞家の星野哲郎さんが亡くなった。八十五歳だった。星野さんの歌詞は、なんと言っても、人情味にあふれている。鳥羽一郎さんの「兄弟船」、北島三郎さんの「兄弟仁義」など、その魅力が凝縮されている。さらに水前寺清子さんが歌った「三百六十五歩のマーチ」のように、人を励ます歌も、前向きな作風で、うらみ節がないのも特徴だ。

一九五二年に雑誌の作詞コンクールで入選したのをきっかけに作詞の道を選んだと聞く。以後、島倉千代子さんの「思い出さん今日は」、美空ひばりさんの「みだれ髪」や映画「男はつらいよ」の主題歌など数多くの名曲を生んだ。書き上げた詞は四千以上という。その生い立ちから、海を題材にした作品や歌の聞き手を元気づける作品が多い。

日本作詩家協会長などを歴任。二〇〇〇年には勲三等瑞宝章を受章。著書には、妻への感謝をつづった『妻への詫《わ》び状』があり、舞台化もされている。戦後の日本人に演歌を通して勇気と希望を与えてくれた。

岩手日報　平成二十二（二〇一〇）年十一月二十日

新幹線開通で活性化を願う

東北新幹線は四日、新たに八戸—新青森が開通した。東京から新青森まで最短三時間二十分で移動できるようになった。地元・青森では活性化の起爆剤にと意気込むが、投じた多額の建設費に見合う効果が得られるかは未知数だ。

豊かな自然や伝統文化を持つ東北の魅力が再発見される契機となり、観光需要の掘り起こしにつながれば、政府が掲げる成長戦略にも合致すると考える。しかし、開業区間では地方都市の多くが経済不況に苦しみ「新幹線が来れば観光客や企業が増えて地元が潤う」という思惑通りには進んでいないのも現実だ。新幹線開通で逆に人や企業が都市に吸い込まれるとの声も聞く。

新幹線開業後の在来線経営が旧国鉄の経営悪化を招いた反省から、経営分離する場合には地元自治体が同意することが整備新幹線新規着工の条件で、自治体などによる第三セクターが経営を引き継いでいる。経営が苦しい並行在来線は青い森鉄道だけではない。いわて銀河鉄道でも懸命の収支改善策が続く。東北新幹線は着工から三十九年で全線開業した。各地の発展と交流人口の増加を願う。

岩手日報　平成二十二（二〇一〇）年十二月二十一日

外部意見も聞き検察改革を

特捜部の現職検事による証拠改ざん事件は、特捜部のトップの強制捜査という検察史上例のない事態に発展した。

最高検が大阪地検前特捜部長らを逮捕したことを受け、政府与党では検事総長の責任を問う声が強まっている。捜査機関の責任者が犯罪をもみ消したことが事実であれば、きわめて悪質で、検察の自殺行為にも等しい。

最高検は事実関係や動機の解明を急ぐべきだ。えん罪をつくり出すことも意に介さないような改ざんを組織的にしたのであれば検察の正義を自ら否定する行為だ。

政界の汚職事件を摘発し、検察の組織の中で「花形」といわれてきた特捜部は今や「解体論」にまでさらされ、存亡の危機にある。公訴権を持つ検察官には、ただでさえ強大な権限がある。通常、検察官が起訴する事件の多くは警察を引き継いだものだが、特捜部の場合、内偵捜査から逮捕、起訴までを一貫して手がけるため、今回のような捜査上の暴走を第三者的にチェックするのは難しいと聞く。

ある政治学者が「真理によって国を立てる」と語っていた重い言葉は指導者にも通じると思う。検察は、まず捜査結果を国民につまびらかにすべきだ。信頼回復のため、外部の意見も聞きながら組織の抜本的改革が求められている。

岩手日報　平成二十二（二〇一〇）年十月十三日

多分野で活躍した高峰さん

戦後を代表する大女優の高峰秀子さんが亡くなった。八十六歳だった。北海道出身。映画界に入ったのは一九二九年。家族に連れられて松竹蒲田撮影所へ見学に行ったのがきっかけだったと聞く。五歳の高峰さんは、映画「母」の子役審査に飛び入り参加。野村芳亭監督の目に留まり、ヒロインの娘役を射止めた。

「高峰秀子」は、養母の活弁士時代の芸名だった。以来、数多くの映画に出演した。瀬戸内海の小豆島を舞台にした分校の教師と子供たちとの交流を描いた木下恵介監督の名作「二十四の瞳」で大石先生を演じ、教え子たちとの心の触れ合いが、多くの観客の涙を誘った。

若いころから、映画以外にも活躍の場を見いだした。絵画展に作品を出品し、梅原龍三郎画伯の知己を得て、交遊を深めたという。芸能界きっての名文家としても知られ、エッセー集を多数出版。『わたしの渡世日記』で日本エッセイスト・クラブ賞を受賞した。

岩手日報　平成二十三（二〇一一）年一月

「和田移植」日本医療に空白

日本初の心臓移植手術を執刀した札幌医科大名誉教授の和田寿郎さんが八十八歳で亡くなった。札幌市出身。一九六八年八月、海水浴場で溺れた大学生（当時二十一歳）を脳死と判定し、提供された心臓を男性患者（同十八歳）に移植した。

世界初の心臓移植からわずか八カ月後のことで、世界でも通算三十例目。患者は手術後八十三日目で死亡した。当初は「日本の医療水準の高さを示した」と称賛された。

この移植に対し、大阪府の漢方医らが、和田氏を殺人罪などで告発。嫌疑不十分で不起訴となったが「密室医療」に対する国民の不信が高まった。当時は特殊な医療だった臓器移植の是非を、技術や倫理面からも問うさまざまな疑念が噴出した。「和田移植」は国民の不信を買い、日本の移植医療は欧米に立ち後れた。

日本の心臓移植は以後、九七年に臓器移植法が施行されて九九年二月に最初の移植が行われるまで、三十年以上も「空白期間」が生じる結果となった。

岩手日報　平成二十三（二〇一一）年二月二十六日

両陛下のお言葉　県民に勇気

天皇、皇后両陛下は東日本大震災の被災地となった釜石、宮古両市を訪問された。避難生活を強いられている被災者一人一人の健康を気遣いながら、励ましの言葉を掛けられた。被災地の人々、とりわけ避難所生活を送る人たちに、お二人のお言葉は大きな励ましとなった。

両陛下は、津波で甚大な被害を受けた宮城県の南三陸町と仙台市内の避難所も先月、訪ねられた。三月十一日の震災発生以来、両陛下は被災地のニュースを見続け、「人々の心の支えになりたい。困難を分かち合いたい」という思いを強くされてきたという。

「被災者の状況が少しでも好転し、人々の復興への希望につながっていくことを心から願わずにはいられません」「苦難の日々を、私たち皆が、さまざまな形で少しでも多く分かち合っていくことが大切であろうと思います」

陛下の思いがにじむお言葉と、穏やかな語り口に、どれほど県民は勇気づけられたことだろう。両陛下は一九九五年の阪神大震災、二〇〇四年の中越地震など大災害のたびに現地へ足を運び、被災者の話を聞き、励ましてこられた。

岩手日報　平成二十三（二〇一一）年五月十二日

平泉保全は地球市民の務め

国連教育科学文化機関（ユネスコ）の第三十五回世界遺産文化委員会は「平泉の文化遺産」を世界文化遺産に登録を決めた。三年前に一度、登録延期となっての再挑戦だ。浄土思想を表した建築や庭園を「人類が共有すべき顕著な普遍的価値」と評価した。

登録されたことで、世界中の人が訪れるようになる。東日本大震災で甚大な被害を受けた本県にとって、復興の歩みに大きな励みになる。喜びや期待も大きい。

十二世紀の東北地方を支配した藤原氏は、戦乱犠牲者の鎮魂のため、中尊寺を建立した。京の争乱をよそに、高い文化と繁栄を誇ったのが平泉だ。

「世界遺産」を人類がいかに共有し、いかにそれを未来世代へと引き継いでいくかが、「世界遺産条約」がめざす重要な指標だ。他に類を見ない「地球の宝物」。それが世界遺産だ。喜びとともに保全活動に厳しさも求められていることを忘れてはならない。地球市民の立場で大切に保護していかなければならないと考える。

岩手日報　平成二十三（二〇一一）年七月四日

被災地に勇気頂き感謝

サッカーの女子ワールドカップ（W杯）決勝で「なでしこジャパン」は米国をPK戦の末に破り、世界の頂点に立った。県内の被災地からは「復興に向けて元気をもらった」と歴史的な快挙をたたえる声が上がった。試合後、選手たちは世界中から寄せられた東日本大震災への支援に感謝する横断幕を掲げ、場内一周した。

決勝では、過去未勝利だった世界ランキング一位の米国に二度、リードされながらも追いついた。ワールドカップは、五輪と並ぶ最高峰の舞台だ。日本はこれまで六大会すべてに出場。かつてベスト8に入ったが、それ以外は決勝トーナメントに進めなかった。

近ごろ、女子でも海外のチームに移籍する選手が増えたと聞く。レベルの高いプレーの中でもまれ、力をつけることが重要。「なでしこジャパン」の皆さん、被災地の皆さんに感動と勇気を与えてくれてありがとう。

選手たちは休む間もなく、九月には来年のロンドン五輪のアジア最終予選に臨むという。五輪でも栄冠を勝ち取ってほしいと願っている。

岩手日報　平成二十三（二〇一一）年七月二十一日

文明に警鐘鳴らし作家逝く

壮大な想像力で、文明の行く末に警鐘を鳴らし続けたSF作家の小松左京さんが亡くなった。八十歳。小松さんは今回の東日本大震災を関東大震災や終戦に続き、日本文明に大変革をもたらす出来事だと位置付けている。想像を絶する災害に虚脱感を覚え、文明の不信感まで生じかねない現状だとしながら、この先も「人間の知性と日本人の情念を信じたい」と願いを込めていたと聞く。

小松さんのSF作家としての原点は原爆だった。科学文明の進歩やその課題を「文学の形で理解してもらう可能性」に自分の将来を懸けた。ベストセラー『日本沈没』は、小松さんの文明観の結実でもあった。奇想天外に見える発想は、大陸移動説や最新科学の成果を踏まえていた。高速道路の倒壊シーンは、阪神大震災で現実となったことは驚きだ。

『復活の日』は地震という天災によって全面核戦争が起こる可能性を占った点で、三・一東日本大震災以後の世界とも無縁ではない。

近代都市をつくった日本人に自然への畏敬の念を教えてくれた作家の一人である。

岩手日報　平成二十三（二〇一一）年八月八日

愛された「バタヤン」惜しむ

戦前戦後を通じて活躍し、「かえり船」など数多くのヒット曲を歌い、「バタヤン」の愛称で親しまれた歌手の田端義夫さんが亡くなった。

一九三八年、名古屋で行われたアマチュアの歌謡コンクールで優勝。翌年「島の船唄」でデビューし、「大利根月夜」、「別れ船」などのヒットを放った。

独特の節回しと、明るさとともに切ない郷愁を感じさせる歌声が持ち味だった。六二年には奄美大島の新民謡「島育ち」を歌って注目され、翌年のＮＨＫ紅白歌合戦に初出場を果たした。「十九の春」で日本レコード大賞特別賞に輝くなど息の長い人気を誇り、多数の映画にも出演した。

ステージでは、胸のあたりにギターを抱え、手を上げて「オース！」と威勢よくあいさつするスタイルが印象的だった。気さくな人柄も手伝い、幅広い年齢層に愛された。八九年には勲四等瑞宝章。九五年から日本歌手協会会長を務めた。

田端さんの音楽人生を描いたドキュメンタリー映画「オース！　バタヤン」の公開と、本人の語りも入ったベストアルバムの発売が決まっていたという。ご冥福を心から祈ってやまない。

岩手日報　平成二十五（二〇一三）年五月一日

八十歳の挑戦から希望と勇気

冒険家三浦雄一郎さんが、世界最高齢となる八十歳でエベレスト登頂に成功した。綿密な計画と周到な準備がこの偉業につながった。

雄一郎さんは一九三二年生まれ。二〇〇三年、当時の最高齢となる七十歳でエベレストに登頂し、七十五歳だった〇八年にも再登頂。今回は三度目の挑戦だった。

七十、七十五歳で登頂した際の五カ所より多い六カ所のキャンプを設け、体への負担をできるだけ減らすプランを組んだという。キャンプが増えれば、荷上げの時間と労力はより多くかかる。

それを可能にしたのが、エベレストの登頂経験が豊富な山岳ガイドや、ネパール人シェルパを含む登山隊だった。

加えて登山にかける強固な意志と、年齢を感じさせないタフな肉体がある。七十五歳で登頂した翌年にはスキー中の事故で、骨盤や大腿《だいたい》骨の付け根を骨折したものの、驚異的なリハビリで復活した。

八十歳での挑戦は、前回の登山中から話題に上っていたという。希望と勇気を頂いたことに感謝したい。

岩手日報　平成二十五（二〇一三）年五月三十日

富士山の環境保全対策急務

国連教育科学文化機関（ユネスコ）第三十七回世界遺産委員会は「富士山」（山梨県、静岡県）について、景勝地の「三保松原」（静岡県）を含めて世界文化遺産に登録することを決めた。

古くから日本文化の象徴として親しまれてきた富士山が世界の宝となったことは喜ばしい。国内では、二年前に登録された「平泉」に次いで十三件目。自然遺産を含めると十七件となる。

日本人は、美しくそびえ立つ富士山を、神秘的な山として信仰の対象としてきた。古代から『万葉集』などの和歌をはじめ、さまざまな文学作品に取り上げられてきた。葛飾北斎の「富嶽《ふがく》三十六景」など、海外にも大きな影響を与えた浮世絵や美術作品の欠かせない題材にもなっている。

日本人の心のよりどころである富士山が世界文化遺産に登録されたことで、日本文化をより深く世界に知ってもらう意義は大きい。

一方、環境問題も懸念される。富士山にはシーズンになると、約三十万人が入山するという。

世界遺産登録で、その数はさらに増える。環境保全のため、政府や自治体には入山料の徴収や入山規制等の議論が急がれる。

岩手日報　平成二十五（二〇一三）年七月一日

五輪開催を日本全体の力に

二〇二〇年夏季五輪・パラリンピックの開催都市が東京に決まった。

東京で夏季五輪が開催されるのは一九六四年以来、五十六年ぶり。七二年札幌、九八年長野の冬季五輪と合わせ、日本開催は四回目となる。

国際オリンピック委員会（ＩＯＣ）総会で、パラリンピック選手の佐藤真海さんらによる最終プレゼンテーションは、いずれも熱意がこもった見事な内容だった。高円宮妃久子さまが、東日本大震災での各国からの支援に謝辞を述べられたことは、票を投じたＩＯＣ

委員の心に響いた。

勝因はオールジャパン態勢で臨めた点だ。政財界が招致を全面支援した。懸念されたのは、海外でも報じられている福島第一原子力発電所の汚染水問題だった。五輪開催を東京だけでなく、東日本大震災の被災地、さらに日本全体の活性化につなげてほしい。

パラリンピックの開催に備え、街のバリアフリー化を一層、推進することも重要だ。五輪が盛り上がるためには、日本選手の活躍が欠かせない。

大会まで七年。急ピッチで準備を進める必要がある。

岩手日報　平成二十五（二〇一三）年九月十四日

ノーベル賞　日本の底力輝く

今年のノーベル物理学賞に、名城大の赤崎勇終身教授、名古屋大の天野浩教授、米国カリフォルニア大サンタバーバラ校の中村修二教授の三人が選ばれた。日本の技術開発の底力が、世界に示された。

省エネで環境に優しい青色発光ダイオード（ＬＥＤ）の開発は、かつて「二十世紀中の実現は困難」といわれていた。

赤崎教授と天野教授は、名古屋大時代の師弟で、高輝度の青色ＬＥＤを世界で初めて開発した。中村教授は、その後、量産化技術に道をつけた。

ＬＥＤは、今日の情報化社会を支えている基盤技術の一つである。交通信号やカメラのフラッシュなど、生活にも幅広く使われている。

長寿命で電力消費量が少ない省エネ型の照明として、白熱電球や蛍光灯に取って代わりつつある。地球温暖化対策上も、重要な技術である。

日本のノーベル賞受賞者は、これで二十二人になる。このうち自然科学分野が十九人を占める。日本の研究者の優れた発想力と技術力の証しと言えよう。

今回の受賞は、科学を志す若者に大きな夢を与える。

岩手日報　平成二十六（二〇一四）年十月十三日

橋野高炉跡　目指せ世界の宝

釜石市の橋野鉄鉱山・高炉跡が、世界文化遺産になる可能性が高まった。国連教育科学文化機関（ユネスコ）の諮問機関「国際記念物遺跡会議」（イコモス）が、橋野鉄鉱山を含む「明治日本の産業革命遺産」の登録を勧告した。

橋野高炉跡は現存する日本最古の洋式高炉跡で、一九五七（昭和三十二）年に国史跡となった。その後、九州・山口の近代化産業遺産群などとともに「明治日本の産業革命遺産」としてユネスコに推薦された。

県民にとっても東日本大震災後、復興に向けた明るい話題として、登録への期待が高まっていた。

橋野高炉は、盛岡藩士・大島高任の指導で一八五八年に仮高炉での操業に成功し、当時の最先端技術で鉄を生産した。砂鉄を用いる在来のたたら製鉄に代わって、鉄鉱石を原料にした近代製鉄発祥の地とされる。

日本の近代化の礎となった遺産が、世界の宝になることを期待したい。

岩手日報　平成二十七（二〇一五）年五月九日

知恵絞って平和を次世代へ

今年は戦争終結から七十年の節目の年。日本の安全保障上の脅威が増大する中、集団的自衛権を行使して米国の戦争に巻き込まれる不安をなくすために、あらゆる知恵が求められています。

日本が国際的に注目されている中心にあるのは、平和主義の憲法をもち続けたことへの尊敬です。憲法を守り、平和だった戦争のない七十年がどれほど大きな人類の財産だったか計り知れません。

次の世代が安心して生きていけるように、この環境を渡していくことが根本的なモラルなのです。

また、四年前の東日本大震災での原発事故で、人間には核分裂を完全にコントロールできる能力がないことを知りました。

七十年を振り返れば、高い知性があるはずの人間が、広島や長崎への原爆投下をはじめ大きな過ちを犯してきました。

日本人ができる大きな決断は、原発の再稼働をやめ、それに代わる知恵を出すことです。

岩手日報　平成二十七（二〇一五）年九月二日

子供の投書は学びの一歩

本欄に、若い世代の投稿が多く載るようになった。大人が気づかないような指摘や、子供ならではの感性に驚かされることも多く、いつも楽しみにしている。

投書した子供にとっても、自分の意見が多くの人に読まれると考えることで、自信がつくはずだ。思考力が高まり、人間としての成長にもつながるだろう。とても素晴らしいことだ。

新聞で読んだニュースについて、自分なりの考えを組み立ててみるのは重要なことだ。批判精神が身につき、自分がいかに「無知」であるか、若いうちに気づくことができる。自らの「無知」を知る一歩が新聞を読むことだ。

さまざまな情報が詰まっている新聞は国民の文化と教養の基本だ。活字離れが進む現状を考えると、新聞も本もますます読まれなくなる社会は恐ろしいことだ。

今では新聞は生活の一部であり、正しい日本語の使い方を学ぶ辞書でもある。高齢になって、初めてわかることもある。私たちの世代は、新聞から多くを学び、親しみと愛着を持っている。

投書欄が、世の中の事象に子供たちが関心を持つきっかけになるよう期待している。

岩手日報　平成二十七（二〇一五）年十月二十二日

核廃絶の理念「外交遺産」に

オバマ大統領が二十七日、主要国首脳会議（伊勢志摩サミット）に合わせ広島の平和記念公園を訪問することが決まった。現職の米大統領の広島訪問は初めてである。

今回の大統領の広島訪問をめぐり、米政権内は当初、積極論と慎重論で二分されていたという。核兵器を使用した唯一の国の最高指導者が、被爆地で、犠牲者を追悼し、核廃絶を訴える。「核兵器のない世界」をアピールする機会としてその意義の大きさは計り知れない。

広島では、今後の核廃絶に向けたメッセージを発するという。悲惨な被爆の実相に直接触れた後の所感は説得力を増すだろう。

日米は戦後、不幸な歴史の教訓を踏まえ、政治、安全保障、経済などで幅広い協力を重ね、未来志向の関係を築いてきた。

核なき世界への道筋は険しい。米ロの核軍縮は停滞、中国は核戦力の近代化を促進、北朝鮮は核実験を繰り返す。今こそ日米が主導し、核廃絶の理念を「外交遺産」として将来に残してほしい。

岩手日報　平成二十八（二〇一六）年五月十四日

核兵器なき世界へ行動願う

オバマ大統領が二十七日、初めて被爆地・広島を訪問した。演説で、核兵器がもたらす一般市民への被害の悲惨さに繰り返し言及すると同時に、自らが掲げた「核兵器のない世界」や戦争のない世界に向け、たゆまぬ努力の必要性を訴えかけた。

「七十一年前の快晴の朝、空から死が落ちてきて世界は変わった」。オバマ氏は、核兵器が初めて戦争で使われた広島の地から「核兵器なき世界」の実現を目指す決意を示した。謝罪には言及しなかったが、被爆者と握手を交わすなど、核兵器の非人道性と戦争の悲惨さを十分に踏まえた対応と言えよう。

米ロ両国は二〇一〇年、配備済み戦略核弾頭をそれぞれ千五百五十個に減らす新戦略兵器削減条約に調印したが、その後、協議は進んでいない。

オバマ氏は〇九年、プラハで演説し「核なき世界」に向けた具体的措置を取ると宣言。にもかかわらず、米ロの対立や中国の軍拡などにより、核軍縮は停滞気味だ。北朝鮮による核開発の進展や、テロ組織への核拡散の脅威も増している。

今回の訪問が「核兵器のない世界」「戦争のない世界」へ、人類の歴史的な出発点となることを望む。

岩手日報　平成二十八（二〇一六）年五月三十日

岩手の魅力　効果的にPRを

北海道新幹線の新函館北斗―新青森（約百四十九キロ）が開業した。道南地域を中心に、観光客の増加を見込んだ商業施設の新設も相次ぐ。

新幹線の開業を起爆剤として、東北地域経済活性化への期待が高まっている。東北の自治体や企業が連携を強め、新たな旅客需要の掘り起こしに努力が求められる。

北海道を訪れる外国人客は多いが、現在は航空機を利用する人が大半を占めるという。岩手県は学校の教科書にも登場する人物を多く輩出しており、世界文化遺産の平泉も抱え、沿岸にも観光資源が数多い。

防災学習などと組み合わせ、岩手の魅力を効果的にＰＲし、教育旅行の誘致や広域観光などに生かしたい。

札幌への延伸は二〇三一年春ごろの予定。自然条件の厳しい北海道での列車の高速走行には、細心の注意と安全運行が何よりも大事だ。安全対策に万全を望みたい。

岩手日報　平成二十八（二〇一六）年三月三十日

被災者への支援惜しまずに

先月、友人四十数人で、陸前高田市をバスで訪ねた。一関市派遣職員から詳しく東日本大震災の記憶を含めて説明を聞いた。

工事が進み復興は着実に進んでいるが、工事の完了目標は二〇一八（平成三十）年度。陸前高田市では職員百十一人が犠牲となり、家族を亡くしたり、自宅を失った職員も多く、悲しみは計り知れない。

被災者の心の傷は深刻だ。命がけの脱出や肉親との別れ、生活を根こそぎ奪われたことなどがもたらす心の傷は予想以上に深く、身体に比して心の回復には長い時間が必要。報道で被災地の様子を見るたびにあの記憶がよみがえり、被災者への思いが募る。

歴史が示すように、いかに壊滅的な被害に遭っても、人間は必ず復興し、社会は再生する。実際、私たちは焼け野原も原爆も克服してきた。人間にはその力があるから、今回の災害でも復興について私は疑念を持っていない。

ただ今回は、復興への速度が遅すぎる。被災者に対して今何より必要なのは、人間本来の持つ復興の力を引き出し、周囲が手助けを惜しまず、政府は責任を持ってさらに支援することだ。

岩手日報　平成二十八（二〇一六）年三月十八日

日野原さんが高齢社会に光

高齢社会に光を与え続けた東京・聖路加国際病院の名誉院長で文化勲章受章者の日野原重明さんが、百五歳で亡くなった。訃報を受け、交流のあった本県関係者からは感謝や悼む声が上がった。

日野原さんは牧師の家庭に育ち、学生時代に結核を患ったことなどから、患者の精神面を含め全人的なケアの大切さを提唱した。成人病に代わる呼称として「習慣病」を早くから唱え、予防医学の重要性を訴えてきた。

百歳を過ぎても診察や講演、執筆活動に精力的に取り組んだ。「新老人の会」を設立し、豊かな老いをいかに生きるのかについて積極的に発言していた。

一九七〇年には「よど号」ハイジャック事件で人質になり、死を覚悟したが無事に解放され、「許された第二の人生を人のためにささげたい」と六十歳を前に決意されたという。

七月十九日付本紙「風土計」の「人生は長さだけでは語れないが『与えられた命』を社会の一線で全うした百五年は見事だ」に同感。ご冥福を祈りたい。

岩手日報　平成二十八（二〇一六）年七月二十一日

国際社会全体で対策を

国連の「持続可能な開発目標（ＳＤＧｓ）」達成を目指す閣僚級会合は、地球温暖化対策の新枠組み「パリ協定」の完全履行を柱とする宣言を採択、貧困解決のために温暖化防止が不可欠の課題であることを表明した。

途上国の貧困問題の解決には、生活、教育環境を向上させて、次世代を育成する施策が欠かせない。日本の持ち味を生かした支援を拡大することが重要である。

日本は開発目標について「誰一人取り残さない」という基本理念を強調した。子供・若年層らに対する教育、保健、防災を中心に二〇一八年までに約千百億円規模の支援を行う方針を公表した。

就学率を上げるには、学校の建設にとどまらず、地域と保護者らが連携した運営など、教育行政の改革も必要。日本は長年、こうした制度面の支援に西アフリカなどで取り組んできた。

岸田前外相は、国連本部で開かれた「持続可能な開発目標」の閣僚会合での演説で、貧困や飢餓の撲滅など十七分野の目標の達成に向けて、国際協力を推進する考えを表明した。SDGsは、貧困の撲滅、健康的な生活、質の高い教育の確保など、三〇年までに実現すべき目標を盛り込んだ国連の行動計画だ。

日本は、人間一人ひとりの生活や尊重を重視する「人間の安全保障」を国際協力の理念に掲げており、今後一層、国際社会全体で対策を講じる必要が求められる。

岩手日日新聞　平成二十九（二〇一七）年八月十三日

居心地の良い図書館に期待

人間は知性を持つ生き物です。

知性を発達させていく努力を怠ると、想像力が委縮し、あつれきが社会に生まれやすくなるといわれます。

そのような人間から欠落した想像力を補うのは読書です。

書物を深く理解するには、読む側も思考を重ね、考える力を鍛えていく必要があります。想像力はその営みから育まれていくものです。

電子メディアが生活の中で支配的になった今、読書が新しい意味と重要性を持ってきています。

この数年、小中高生の中に「ネット依存症」ないしそれに近い状態になっている子供たちが増え、特に多機能携帯電話（スマートフォン）の急速な普及は、自己中心的になり、豊かな人間関係をゆがめることになりやすいといいます。

小中学生の時期に本を読む力と習慣を身に付けさせることは、言語力や感性を発達させるとともに、内省する力や困難な問題に直面した時に乗り越える力を育む上で欠かせません。ネット社会の問題が、その傾向を加速させています。

読書の楽しさを提供する図書館。地域の課題に寄り添い、住民と一緒に解決に取り組む、これまでのイメージを超えた役割を担う個性的な図書館が増えていると聞きます。

日本図書館協会の調査では、全国の約五百自治体で、図書館を拠点にした地域振興の取り組みが進行中だということです。

多様な住民が集まり、その中で思いがけない交流が生まれます。地域活性化の視点からも、こうした図書館の機能は大切。

本好きの子供が一人でも増えるように、居心地の良い図書館が増えることを期待しています。

健康福祉や子育て支援といった自治体の部署と司書との連携、知恵を出し合うことで、より充実した施策が求められています。

岩手日日新聞　平成二十九（二〇一七）年七月四日

読書や学習の環境づくりを

十月二十七日付「日日草」を感心して読んだ。「大学生の五割以上は一日の読書時間がゼロという。もはや書物よりインターネットなどから新しい知識や情報を得ているのは確かなようだ」
若い世代の本離れは深刻だ。本を読むと自分の中で想像力が膨らむ。それから美しく楽しい時間が過ごせる。これがやっぱり読書の素晴らしさだと思う。全国大学生協連（東京）の年次調査結果でも「本離れ」が若い世代で進行している実態が明確になり、アルバイトをする学生に読書時間ゼロが多いとの結果も出ている。調査結果を分析した関係者は「大学入学前に読書習慣が身に付いていない学生が増えている」と指摘する。この調査は「第五十三回学生生活実態調査」。大学生の一日の読書時間は平均二三・六分。ゼロと答えた学生は五三・一パーセント。文系が四八・六パーセント、理系が五四・五パーセントだった。アルバイトをする学生は五四・五パーセント、していない学生は四九・四パーセント。読書時間ゼロを除いた「読む学生」の平均読書時間は五一・五分。書籍費の平均額は金額、支出に占める割合がともに一九七〇年以降最低。自宅生一カ月千三百四十円、下宿生千五百十円だった。

社会で進む「本離れ」は若い世代でより深刻。教育・出版関係者にはショッキングな結果が出ている。読書する学生と全くしない学生の「二極化」が起きているとの分析もあり、大学側には啓発に取り組む動きが見られる。時代に合った読書や学習の環境づくりが求められる。

岩手日日新聞　平成二十九（二〇一七）年十二月二日

生涯現役目指す政策を

「健康寿命」を延ばしていくことが、豊かな老後につながることは言うまでもない。高齢者になっても、できるだけ長く、健康で過ごしたいと誰もが願っている。

健康寿命とは、一生のうちで、外出や家事など日常生活を支障なく送れる期間のことだ。何歳まで元気で暮らせるかのバロメーターである。厚生労働省が国民生活基準調査を基に算出した結果によれば、二〇一六年調査寿命は男性七二・一四歳、女性七四・二一歳だったと公表した。

平均寿命（男性八〇・九八歳、女性八七・一四歳）と健康寿命の差が縮まれば健康で元気なお年寄りが増える。その結果、医療や介護など、年々膨らむ高齢者福祉の費用を抑えられる効果も期待できる。厚労省は国民の健康に関する方策「健康日本21」に、健康寿命を指標の一つに盛り込んでいる。平均寿命の延びを上回るペースで健康寿命を延ばすのが目標だ。

若い時から食生活などに気を配り、生活習慣病を予防する意識を高めることが重要である。人生で「現役世代」に位置付けられる期間を長くすれば、仕事への意欲や人生設計も変わるのではないか。豊かな人生経験を、地域社会の貴重な財産としても生かしてもらいたい。高齢者自身の健康増進につながる。

政府が、生涯現役社会を目指す政策を充実させることが健康寿命を着実に延ばすことにもなろう。

岩手日日新聞　平成二十九（二〇一七）年十月十四日

免疫分野の研究発展に期待

今年のノーベル医学生理学賞に、本庶佑京都大特別教授が選ばれた。この分野を共に発展させてきた米テキサス大のジェームズ・アリソン教授との共同受賞で、日本人の医学生理学賞受賞は五人目となる。がんの免疫治療薬開発に道を開いたことが、世界的に評価された。栄誉をたたえたい。

授賞理由は、免役反応のブレーキを解除することによるがん治療法の発見。従来の戦略にはない「発想の転換」によって生まれた治療法という。

免疫は病原体などの外敵からは体を守るが、がんには十分に機能しない。本庶さんらは、その原因を探究し突き止めた。

高齢化の進行に伴い、がん患者も、がんで亡くなる人も増えている。この分野の研究が、ますます発展することを期待したい。

ノーベル賞は、日本の若い研究者の刺激にもなるだろう。世界的に研究競争が激しいこの分野で、今後も世界をリードし、実用化に結び付けてほしい。

岩手日報　平成三十（二〇一八年）年十月五日

令和元（二〇一九）年

介護保険制度への信頼感を高めてほしい

世界有数の長寿国・日本。寿命が延びる一方で、介護を必要とする人が増え続けている。一九七二年、介護する様子をつづった小説『恍惚の人』（有吉佐和子著）は映画化もされ、似たような経験を持つ中高年の共感を呼びました。

昔から介護の問題は、誰にとっても人ごととはいえない関心事。核家族化などが進み、「介護の担い手を家族から社会全体に広げてはどうか」という声が高まった。

平成（一九八九年〜）に入ってから「介護の社会化」を目指した動きが本格化。二〇〇〇年四月、介護保険制度がスタートした。

専門の知識を持ったケアマネジャーが利用者に応じたプランを立て、ヘルパーが身の回りの世話をする。民間事業者も相次いで参入し、在宅や施設など多様なサービスを選べるようになった。

高齢化率は二〇二五年に三〇パーセント、高齢者人口がほぼピークになる四〇年には三五・三パーセントに達する見通しという。これに伴い、介護の給付費も膨らむ。制度発足時の二〇〇〇年度は約三・三兆円だった給付費は、四〇年度に二五・八兆円と約八倍に増える。

家族の介護などを理由に仕事を辞める介護離職者は、年約十万人。多くは女性で、問題の根は深い。介護職員の人手不足や処遇改善、施設が足りないなど課題は山積。

制度の揺らぎは、本人だけでなく、介護を担う家族や事業者にも影響を及ぼす。支え手を増やしたり、サービスの効率化を図ったりして、制度への信頼感を高めることが求められる。

岩手日日新聞　令和元（二〇一九）年五月五日

無限の回想の広野に身を浸す

認知症になる人の急増を受け、政府は近く、施策の指針となる「大綱」を取りまとめる。認知症は日常生活に支障が出ている状態で、医療や介護だけでなく、司法、金融、教育、雇用などさまざまな分野が関係するだけに、幅広い視点に立った包括的で本人目線の施策作りが求められる。

認知症は、脳の病気などにより、記憶力や判断力などの認知機能が低下し、日常生活に支障を来している状態。厚生労働省によると、二〇二五年には七百万人前後という。「人生百年時代」、誰でもなる可能性がある。

認知症はG8（主要八カ国）サミットや世界経済フォーラム（WEF）などでも取り上げられる世界共通の課題だ。「世界アルツハイマーリポート二〇一八」によると、認知症の人は世界に約五千万人（二〇一八年）おり、五〇年には一億五千二百万人に増えると予測されている。

『孤独のすすめ　人生後半の生き方』などの著書がある作家、五木寛之氏は、「人間の記憶の中にある無尽蔵の思い出、〝ああ、あの時は幸せだった〟と思えることが誰にも必ずあるわけで、その記憶を発掘し、人に語るたびに思い出が正確に明瞭に、豊かになっていくものです。これが回想です」と言う。医療現場では回想が認知症に対する心理療法として注目されているという。

無限の回想の広野に身を浸すのは大事な時間です。

岩手日日新聞　令和元（二〇一九）年六月二日

「食品ロス」を考える

まだ食べられる食品を捨てる「食品ロス」が大きな社会問題になっています。

農林水産省と環境省は、二〇一六年度の国内食品ロスが前年度から三万トン減の六百四十三万トンだったとの推計値を発表しました。全国民が毎日茶わん一杯分のごはんを捨てている計算になります。

食品会社や飲食店などからは約二百八十万トン、コンビニやスーパーなどからは約七十万トン、家庭からは最も多い約二百九十万トンで、全体の約四五パーセントを占めています。

コンビニ大手三社は、食品ロス削減に向け、値引き販売に動きだしたといいます。コンビニは、定価販売が特徴で、商品を切らさないように多めに仕入れ、消費期限の過ぎた商品は捨てるなどしてきたといいます。売り上げが増える反面、大量のごみを出し、ごみ処理費用も店舗の負担になっていると聞きます。

商品の売れ残りを減らすために予約制を取り入れ、七月のウナギ弁当からスタートするところもあるそうです。

五月には、食品ロスの減少を目指す「食品ロス削減推進法」が成立しました。会社に積極的な削減への取り組み、消費者にも食品の買い方や調理方法の見直しなどが求められています。

岩手日日新聞　令和元（二〇一九）年七月七日

プラスチックを減らす工夫を

財務省貿易統計の分析によると、二〇一七年のプラスチックごみ輸出量は百四十三万トンで、一八年は三割少ない百一万トンに減ったという。

再生材の原料として最大の輸出先だった中国が、環境汚染の懸念から一七年末に国内への受け入れを厳しく制限。輸出量が十分の一に激減したのが大きく影響したという。代わりに東南アジア向けが増えたが規制を強める動きがあり、受け入れの大幅拡大は困難な状況にあると聞く。行き場を失ったプラスチックごみは日本国内にあふれている。製品に再生材の使用を義務付けるなど国内対策を進める指摘があり、プラスチックの利用自体を抑える抜本的対策を求める声も強まりそうだ。

中国では輸入したプラスチックごみを処理して日用品や工業製品の素材に利用してきたが、環境汚染や健康被害の懸念が浮上。中国政府は二〇一七年十二月末以降は生活由来の廃プラスチックの輸入を禁止し、さらに産業由来のものも制限した。

中国の規制強化に伴いタイやマレーシア、ベトナムなどへの輸出が増加した。しかし一八年に入って輸入制限を設ける国が相次いだほか、さらに規制を強める方針の国もあり、今後、日本からの輸出は厳しくなる見込みだという。

食品などで汚れたプラスチックごみは、容易にリサイクルできず、かつては主に中国に、現在は東南アジアに輸出されている。今後、東南アジアで規制が強化されて輸出できなくなれば、日本国内で焼却するしかないが、地球温暖化を進行させる問題がある。

消費者が使い捨てプラスチックを使わなくて済むよう、企業は食品包装などの容器を別の素材に切り替え、プラスチックの使用を減らす工夫が求められる。

岩手日日新聞　令和元（二〇一九）年八月十四日

おわりに

『矢内原忠雄全集』（監修者大内兵衛、大塚久雄ほか監修、岩波書店）全二十九巻の完結に際し、一九六五年七月二十五日、学士会館で出版感謝会が開催されました。購読者が全国から多く出席した盛大なもので、感銘を受けました。

矢内原恵子夫人からは「遠路参加下さいましてありがとうございました。天と地に歓声があがりましたこの全集が地の塩となって多くの方々にまことの生命をあたえますことを確信いたします」、大内兵衛先生からは「おハガキありがとう。御尽力により矢内原全集大成功で、私もうれしくてたまりません。厚く御禮申し上げます」と、それぞれお礼のハガキをいただきました。晩年まで矢内原先生と親友だった経済学者で元法政大学総長の大内先生より「民主的な人間形成が日本国民の中から行きわたるまでは、日本民主化の叫びが私の口からあがらずにはいられない。　矢内原忠雄」と書かれた短冊と色紙（毛筆）をあわせて送っていただきました。

丸山眞男先生が東山町で講演された際に、「批判精神」「想像力《イマジネーション》」を養うことの大切さを学び、先生方の励ましで「社会のためになることをしなければ」と考え、「自分のような素人の言葉でも、広く人の目に触れさせることができる」と、恥じないような文章の書き方を勉強し、自分の考えを投稿しました。

数年前に母校（現・大東高校）の校長先生が、卒業文集の校長あいさつで新聞投稿している私のことを紹介してくださったことを、友人からのコピーで最近知りました。私の投稿文を数カ所引用し、「学校での勉強はきっかけです。伊藤さんのように、学んだことをきっかけに目覚め、自分で本格的に学び続けることが本当の勉強です」と結ばれており、立派に紹介されて恐縮しています。

七月十九日に盛岡で文芸社主催の出版相談会があり、書籍化を決定し、このたび刊行の運びとなりました。南原繁研究会の先生方、丸山眞男手帖の会の先生に感謝申し上げます。あわせてこれまでいろいろご助言を賜りました文芸社出版企画部の砂川氏、編集部今泉氏に厚く謝意を表します。

令和元（二〇一九）年十月一日

著者プロフィール

伊藤 義夫（いとう よしお）

1939年　岩手県東磐井郡東山町（現・一関市）生まれ。
1959年　県立摺沢高校定時制（現・大東高校）卒業。
1960年　東北開発㈱岩手セメント工場入社。
1969年　東山町役場に入庁し、教育委員会事務局学校教育係・社会教育係、社会教育主事、建設課都市計画係長、企画課課長補佐兼秘書人事係長、町民課課長・保健福祉課長、教育委員会教育次長兼社会教育課長を務める。
1996年　町立老人ホーム東山荘院長を務める。
1998年　町立特別養護老人ホームやすらぎ荘院長を務める。
2000年　定年退職。
現在、学校法人愛泉学園理事。
新渡戸稲造会会員、南原繁研究会会員、丸山眞男手帖の会会員、東磐史学会会員。

人生の師から学ぶ　よりよい社会を目指して 新聞投稿五十四年

2020年2月15日　初版第1刷発行

著　者　伊藤 義夫
発行者　瓜谷 綱延
発行所　株式会社文芸社
〒160-0022　東京都新宿区新宿1－10－1
電話　03-5369-3060（代表）
03-5369-2299（販売）

印刷所　株式会社フクイン

ISBN978-4-286-21355-2